爱吃的人可以做朋友

可以做

张佳玮 著

北京联合出版公司
Beijing United Publishing Co.,Ltd.

图书在版编目（CIP）数据

爱吃的人可以做朋友 / 张佳玮著 . -- 北京 : 北京
联合出版公司 , 2024.4
ISBN 978-7-5596-7356-5

Ⅰ . ①爱… Ⅱ . ①张… Ⅲ . ①散文集－中国－当代
Ⅳ . ① I267

中国国家版本馆 CIP 数据核字（2024）第 003027 号

爱吃的人可以做朋友

作　　者：张佳玮
出 品 人：赵红仕
责任编辑：徐　鹏
封面设计：张　敏
版式设计：豆安国
责任编审：赵　娜

北京联合出版公司出版
（北京市西城区德外大街 83 号楼 9 层 100088）
北京华景时代文化传媒有限公司发行
北京文昌阁彩色印刷有限责任公司印刷　　新华书店经销
字数 115 千字　　　880 毫米 ×1230 毫米　　1/32　　6.5 印张
2024 年 4 月第 1 版　　2024 年 4 月第 1 次印刷
ISBN 978-7-5596-7356-5
定价：48.00 元

一涉及食物，灵魂立刻心有灵犀了。

——张佳玮

目 录

好吃和好吃

 ## 吃遍中国，走向世界

爱生活的人
一定也爱吃

灵魂食物

黑泽明导演似乎很提倡人吃消夜。按他的说法：白天吃东西补充身体，晚上吃东西补益灵魂。

什么样的食物能补益灵魂呢？

我外婆生前最爱说的两句话，一是：

"生了啥个角落，吃啥个饭。"

她大概想表达：生在哪里，就吃哪里的饭。

另一句，逢她无话可说时，便摇摇头，拢手拍两下肚子，道：

"笑笑吧！除了笑笑还有啥个办法呢！"

我外婆是常州人，她那代人似乎喜吃鳝鱼：切段，红烧，勾芡，配蒜头，鳝肉炖入味了就细嫩滑软、肥润鲜甜。

整锅熬得浓了，可以拿来浇米饭，也能浇面。

鳝鱼也能炸脆了当凉菜，宴席间先上，用来下酒，嚼起来咔嚓有声。揉碎了撒面上，也可以。

无锡的炸鳝鱼和红烧鳝鱼都很甜——当然无锡菜整体很甜。我不太猜得出为什么。有朋友说苏州菜甜，上海菜甜，但无锡菜确是苏锡常那一圈里吃口最甜的。

据说老一代上海人喜吃浓油赤酱，最初是受徽商的影响；但无锡人在红烧里头加甜味，还更生猛些，几乎无红不甜。

想想我小时候吃早饭，泡饭为主；下饭菜，曰炒鸡蛋，曰猪肉松，曰萝卜干，曰拌干丝（豆腐干切丝，热水烫过，酱油麻油醋的三合油一拌；扬州有煮干丝，还有拌干丝里放虾米的），夏天吃咸鸭蛋。

我爸会剥蒜头给我吃，父子俩剥了半天，吃得吸溜吸溜，味道冲！过瘾！我妈恨我们口气差，隔着厨房门念："口气臭烘烘，一会儿还要出门的！"

不愿自己做了，上街吃。油条配豆浆是常态。油条拧出来时，白油滑一条；下了锅，转黄变脆，捞起来咬，"刺啦"一声。油条两头尖，最脆而韧，蘸酱油吃，妙得很。豆浆，无锡大多喝甜浆。咸浆也有，少。

吃腻油条了，买萝卜丝饼吃，买油馓子吃，买梅花糕吃，买玉兰饼吃。萝卜丝饼是萝卜丝和面浆下锅炸，外脆里鲜嫩；油馓子纯粹是个脆生，爱吃的孩子可以吃一下午；梅花糕是形若蛋筒、顶上封面皮、内里裹肉馅或豆沙馅的一种面食；玉兰饼是汤圆捏得了，卖不出去，下锅油炸成金黄，耐于储存，只是吃起来一嘴一手的油。

晚饭，米饭为主，配下饭菜。蔬菜无非青菜、蓬蒿菜、菠菜、金花菜、绿豆芽、黄豆芽，炒了吃，黄豆芽常用来炒百叶结，老人说很吉利：金黄发财。

荤菜，则红烧肉、糖醋排骨、排骨炖百叶结，周末一锅鸡汤。夏天排骨炖冬瓜，清爽；冬天排骨炖萝卜，温润。春天可以吃排骨炖笋，加上咸肉就是腌笃鲜，可以用来待客。春天的菜大多清暖飘逸，吃肉都能吃得两腋清风生。

周末了，去外婆家，外婆就摊面饼：面和得了，略煎，两面白里泛黄，黄里泛黑，有焦香，蘸白糖吃；吃腻了，借外公的茶杯，喝泡得浓苦的毫茶，喝得咚咚作响，打个饱嗝。

外婆年纪大了，喜欢熟烂之物。青菜毛豆百叶煮面，面煮得绵软，鲜入味，但没劲道，青菜叶子都软塌塌：我们这里叫烂糊面。如果有南瓜，和宽面一起炖，炖到南瓜烂了，宽面也快融化了，就着一起吃，稀里呼噜。

无锡人都爱吃馄饨和小笼汤包。进店先叫一笼汤包，馄饨后到。汤包个儿不小，肉馅，有卤汁；面皮蒸得半透明，郁郁菲菲，一口咬破，吸卤汁，连吃肉馅吞包子。我可以一口一个，我小舅婆就咂嘴："张佳玮，好大的一张嘴！"

包子吃到分际，上馄饨了。馄饨按例，当有虾干猪肉为馅，汤里当有豆腐干丝，最不济也得加紫菜。拌馄饨则是红汤，也甜，另配一碗汤过口——如上所述，无锡人吃什么都甜。

季节对的时候，有店会卖蟹黄汤包。交情好的店送姜醋蘸食，好吃。

姜醋在我们这里除了吃虾吃蟹，还有个用途：蘸镇江肴肉吃。肴肉压得紧，咸香鲜凉，蘸酸味下酒，妙不可言。

当然也吃鱼，也吃虾。鱼则红烧或汤炖皆有，虾大多清水煮，加以姜和葱。虾肉鲜甜，本不需调味，丽质天成。

我妈除了红烧肉，还擅做大盆葱花蛋炒饭。我爸则擅长鱼头汤与荷包蛋。此外，他拌得一手好豆腐：只用盐和葱，就能把一方豆腐调得好吃，再一点麻油，可以下泡饭了。

到乡下去吃宴席时——我们那里城乡交界地，亲友无论是否聚居，都喜欢招亲呼友，聚众吃宴席——就是冷盘在先，牛肉、羊肉、白斩鸡、炝毛豆、脆鳝、虾、花生等先上，后续炒虾仁、芙蓉鸡、清蒸鱼、大炒青菜、红烧螺蛳等。盘旋往复之后，末尾一道鸡汤，一份红烧蹄髈。

我在无锡，当然也下馆子，也请客酬答，但家常吃饭，就认这些菜。

就这样长到了十九岁，去了上海读大学。

在上海，吃食堂，吃馆子，能饱肚，但不太吃得开心。上海馄饨和汤包也有特色，但我不习惯。倒不是曾经沧海难为水，更像是习惯了少时吃法，只认那一口。我跟上海朋友抱怨说汤包不太对，想来想去也不知该怎么解释，总不能说"你们汤包卤汁不够红甜"吧？怕人家笑破肚子："你这什么怪口味！"

租房子离校住了，自己下厨。只会几个菜，反复做：

红烧肉，肉略煎，下老抽，多酒，少水——少水是苏轼的办法——八角、生姜、老抽等俱下，慢炖。

鱼头汤，鱼头略煎，看准火候加水，慢炖，加豆腐和葱。

妈妈教的蛋炒饭，自己相机加青豆、香肠、胡萝卜、青椒、毛豆、虾仁。做得好了，口感纷繁，吃饱了打嗝；做得不好，比如错加了甜香肠，也只能凑合吃。

出门玩：那是21世纪初，还没有丰沛的旅行攻略，只好自己乱撞：桂林的米粉和龟苓膏，武汉的豆皮和热干面，天津的熬鱼，青岛的鱿鱼，杭州的叫花鸡、片儿川和莼菜羹，海南的抱罗粉，西安的肉夹馍和酸菜炒米。

后来若到了上海，跟我一起住。她是重庆人。吃了我家住处旁边一家火锅，不动声色，吃完火锅，又喝了一口火锅汤。

"重庆人吃火锅喝汤吗？"

"没法喝，重庆火锅是牛油锅底。"

"那你还喝？"

"不然太淡了。"

我被她带回重庆，去见识老四川的枸杞牛尾汤——汤极鲜，淡而有味——和灯影牛肉丝。去邱二馆喝鸡汤，去大礼堂旁的山道上吃串串香。

去贵州吃街头烧烤、炒土鸡蛋和酸辣粉。去康定吃烤松茸。在39摄氏度高温下，汗流浃背，吃烤脑花。

我慢慢能吃辣了。慢慢能从辣味里吃出其他味道了。

现在回想起2008年前后的上海：

早上出门，从蒸笼熏腾的店里买香菇菜包，买蜂蜜糖糕，买梅干菜肉包；隔壁店买豆浆，买鸡蛋饼、韭菜饼和萝卜丝饼。这就可以回去了：两个人擎着包子和饼一路吃。

午饭了，拿着一堆外卖单子发呆。有时叫个武汉馆子，豆皮两份，米饭不用了，再来个粉蒸肉或者武昌鱼——豆皮两边香脆，中间夹的是糯米馅儿，很香，也能做主食。有时叫个煎饺，要刚出锅的，取其脆，配辣味蘸酱，还有非分的要求："你能往你隔壁店顺便给我们带份冰豆浆不？"也有叫日式牛肉饭的：店里太吵了，每次叫都得扯着嗓子喊。冬天，叫鸭血汤配汤包和三丁烧卖，只要汤够烫，也不会觉得有鸭腥味。或者从一个西安馆子叫烩麻什，然后问一句："还有桂酒没有？"

爱吃的人可以做朋友

上海最大的好处：只要你肯叫外卖，足不出户也能变着花样吃，饿不死，而且不至于对生活丧失信心。

到半夜，也能想法子吃。经常是我写着字，若问我：

"你饿吗？"

"不饿。"我手敲键盘不停。

过了一会儿她问："你饿吗？"

我停手："我饿了，要不然我们去吃烧烤吧？"

于是她雀跃："我就知道你饿了！要吃烧烤！"

于是二人出门，去烧烤摊坐着，等吃。

有时也不吃烧烤，吃街头游动的消夜二轮车：人爷守着大锅，炒得半条街油香四溢。你问大爷要椒盐排条、宫保鸡丁、蛋炒饭、炒河粉、炒韭黄，会做，做得油光闪亮。有时候吃着，大爷休息，自己给自己炒盘花生，喝酒，抽烟，扬声问我：

"要不要花生？来来，抓一把！"

后来我们到了巴黎，寻思做菜吧。

头一个月，没找着亚洲超市，于是每天回家，剩了愁眉相对：

"千层面？"

"千层面。要不我煎个牛排？"

"不要！腻！！"

我们变着法子，想出了许多奇怪吃法。比如意大利细面，煮熟了，再用铁板与牛油一起煎，比单煮着好吃，有面被烤的香味。比如鲑鱼，生吃，煎着吃，烤着吃，最后炖汤喝——腥，但没法子。

法国猪蹄很便宜，买来炖作蹄花汤，但总觉得哪里不太对，炖不出鲜味来——那灌醉舌头，让人觉出满足感的鲜味。

终于找到亚洲超市了，喜出望外。酱油、泡菜、春卷、云吞、三黄鸡、泡面、速冻饺子、香米，见什么抢什么。回家时推着冒尖儿的购物车，路人看我们的眼神都不对了。

爸妈也担心我吃不好，每次视频通话时都问我，还要我拍了食物照给他们看，以免我报喜不报忧，明明在啃干面包，偏吹自己吃脂膏。

我跟爸妈说了：去超市，买鳕鱼、三文鱼和牛排，买牛筋丸、豆腐、牛肉、羊肉和洋葱，买生菜、茄子和豆芽，买牛油果。

有没有时间做菜哦？

有啊，很快的：

嗯，三文鱼切块儿，鳄梨切碎捣泥，跟冷米饭放一起，倒酱油，拌匀，撒白芝麻：也好吃的。

嗯，鳕鱼拿盐一腌，炸虾粉一裹，下锅煎；煎到肉块儿饱绽，一块块一列列成蒜瓣儿状，就能吃了。

嗯，鸡肉用冷水煮，去了血水，加葱姜酒，大火煮开，然后慢炖，末了加盐，成鸡汤。

嗯，肉糜下锅炒了，下料，加豆腐翻炒过，加水略炖，收完了勾芡，可以下饭。出锅撒葱和花椒末儿。

嗯，吃腻了，就吃清淡点儿。六杯水一杯米酒一杯酱油，煮豆腐，出锅时加海苔；米浸一阵子，和萝卜块一起加盐闷煮，熟了，再蒸一下，如此萝卜味道很透，不滞涩，甜。萝卜饭加上豆腐汤，再加个生姜片，一顿饭了。

真不想动，也行：大锅，下若从重庆带来的火锅底料，然后牛筋丸、金针菇、牛百叶、鸭血、萝卜片、土豆片，"咚咚咚咚"往里头放。若负责调酱，她调的味好，调的汤，调的酱，都味道鲜浓。

我妈听了很是安慰，于是跟我拉家常：哎呀呀，早上去吃鸭肉面时，狗狗又去吃别人的东西啦！——我爸妈，每天早上，出门吃鸭肉面。我爸要紧汤，我妈要宽汤，另要一碟姜丝。吃面，鸭肉是烧鸭，泡在面汤里，等脆劲略过，开始软乎了，吸溜溜吃掉。——由鸭肉面，我就想到了馄饨和小笼包，想到店里"白汤辣""拌馄饨""一两蟹粉小笼"的声音。然后我又有些难过起来。——但我知道，不能跟若说。一说，她就会想起重庆的烤脑花和涮鸭肠、涮黄喉来，想到她喜欢的鱼香茄子来。

春天到了。早上出门前开窗，午后回家看，迎窗一面墙，扑头都是鲜绿色：是树影摇摆，被阳光砸到墙上了。这时我就想起春茶。想从墙上把鲜绿树影揭下来，跟揭树皮似的，洗洗干净，放冰箱里镇一镇；到晚来，使热水泡开，当茶喝。

然后就想到莼菜羹，想到叫花鸡和东坡肉。但这些不能跟若说，一说她就想到南山路，想到苏堤，就没止境了。只好自己想想，自己念念。念着念着，好像就吃到了。

我们忙了一周。到周二略有松快。当日我早回家，买了菜。想过去一周，一直是汤锅、咖喱、生鱼片这么快手菜对付的，正经做个菜吃吧。

去超市买了茄子、鳕鱼和猪肉，预备做若爱吃的鲍汁茄子煲、煎鳕鱼和红烧肉。

茄子先用水略浸，然后姜葱炝锅，油过一遍，上锅焖着了，加了醋、冰糖、一点子辣椒。我不会调味，且调且咂摸，感觉有点儿意思了就好。

鳕鱼腌完，扑了粉，等着下锅煎。

肉使油煎过，下了老抽和酒，跟重庆带来的芽菜一起慢炖——我等不来蒸烧白，所以是我们那里的红烧肉减少一点糖，炖四川芽菜的混合做法。

美国南方人有所谓灵魂食物（soul food）。当然这里的

soul如果溯源，未必真跟灵魂有关。但我却相信，世上是真有灵魂食物的：生在哪里，就吃哪里的饭。

比如，对若而言，芽菜、茄子、煎烤香和辣料，就是灵魂的补益。

此时若短信给我，说回来路上绕了个弯，去某个华人超市，给我买了小笼包。

"可能冷了，回来加热一下。"

"有馄饨，配汤料的，我一起买回来，晚饭不用备了。"

怎么说呢？巴黎馋虫版的《麦琪的礼物》。

一涉及食物，灵魂立刻心有灵犀了。

声音是有味道的

　　人会赖床，大半是因为舍不得温暖的、柔软的、不需思考的、自由自在的、想怎么打滚撒赖都没人管的被窝，不愿意到外面那偏冷、麻烦、必须直立行走、衣饰鲜明、规行矩步的世界。

　　再悦耳的闹铃，久了都会腻：闹铃声是现实世界的"催命符"。

　　所以唤人起床，得找个美妙环境来加以诱惑。最好的起床铃声，依我所见，是这样的：

　　土豆牛肉汤被炖到闷闷的"咕嘟咕嘟"声。

　　烧肉酱被煎时的"刺啦啦"声。

　　油条在油锅里膨胀的"滋呖呖"声。

　　炒饭、虾仁和蛋花在锅里翻腾的"沙啦啦"声。

　　甜酒倒在杯子里的"颠儿颠儿跫跫"声。

嚼碎蒜香肝酱脆面包的"喀嘞嘞"声。

这些声音听久了，人会忍不住一骨碌翻身起来。
声音是有味道的。

英国国菜，众所周知是鱼和薯条（fish and chips）。但英式英语里另有个好词：脆土豆片儿，叫作crisps，着实形象。chips，那就是一口下去；crisps，简直带出薯片在嘴里"嘶啦咔嚓"响亮爽脆的动静。

晚上您饿了，出门吃烤串。您点好了单，找地方坐下，听肉串在火上滋滋作声，不敢多看；不然看着肉慢悠悠在火间变色，不免百爪挠心坐立不安，几番按捺不住，就想起身去监督摊主：别烤老了！我就爱这么嫩的！快快，快给我！——就差伸手去火里，把滋滋求救的烤串给抢出来了。

烤得了肉串，撒孜然，端上桌来，还有"滋呖呖沙沙"声。这时候须得要冰啤酒，酒倒进杯里，泡沫"咻咻"地雪涌而出：这一下，感觉才对了。

油炸火烤的声音，听起来格外香。裹好面糊的炸鸡炸虾下锅，先是"滋哩滋哩"油跳声，再是"丝丝啦啦"油炸声，好听。

我故乡的菜市场，油炸经典小食品三样：一是刚揉成还白嫩清新、一进锅就黄焦酥脆起来、吃一口就"嘶"叹一口气的萝卜丝饼；二是油光水滑，揉长了扔油锅里慢慢饱胀、脆香可口的油条；三是下了油锅就发硬变脆的油馓子，最是下锅"嘶啦"，咬来"刺嚓"的好听，您在一边看人吃，听这声音，自己都会馋。

陕西朋友听我说这个，便夸一声自家的油泼辣子面：最后那一勺滚油，"刺啦"一声浇在面上，香气还没被逼出来，氛围已经在了。

炒过东西的都知道，热油遇到水，会有非常响亮明快的"沙啦"一声。比如您竖耳朵，听厨房炒回锅肉，之前叮叮笃笃的刀击砧板声，总不过瘾；非得"沙啦"响一声，那就是肉片儿下锅炒起来啦，马上就要呈现灯笼盏旋涡状啦，等"滋滋"出完了油，就是豆瓣酱们爆香的天下啦！您快要闻见一路穿房过屋、钻门沁户的香味啦——总之，那一记"沙啦"声，最是让人心花怒放。

蛋炒饭是另一回事。好蛋炒饭需要用隔夜饭，天下皆知。油分量得对，葱花儿得爆得透，都是小节。正经葱花蛋炒饭，葱叶儿"滋滋"响，蛋落锅膛，隔夜干饭下去，必有动静：如果炒不响，整碗蛋炒饭都软塌塌的没精打采，吃的人也不免垂头丧气；炒到乒乓作响，"噼里啪啦"，整碗饭就有劲道，吃得也神旺气足。

大锅炖鸡汤，声音温柔得多。小火慢熬，你每次走过去看，就只能听见锅肚子里"咕嘟咕嘟"温柔敦厚的冒泡儿声，于是想见其中皮酥肉烂、漾融在油润微黄鸡汤里的食物，真让人沉不住气。每次吃鸡汤，总是忍不住来回走几趟，可是鸡汤稳若泰山，就是"咕嘟咕嘟、咕嘟咕嘟"……慢慢悠悠，香味勾人。

咖喱土豆炖鸡时，咖喱粉融的酱，混着炖得半融的土豆淀粉，会发出一种"扑扑波波"的响声，比普通水煮声钝得多。这简直就是提醒你：我们这汁可浓啦，味可厚啦，一定会挂碗黏筷，你可要小心哪……

同样，喜欢德国炖酸菜、摩洛哥塔吉锅、地中海沿岸鹰嘴豆烩肉、普罗旺斯炖菜的，听见那些锅里叽里咕噜炖汁冒泡的声音，一定会忍不住探头看两眼。

液体也有声音。啤酒泡沫雪涌时会"咻"的一声。可口可乐遇到冰也会先"咻"一下，然后就是"滋哩哩"泡沫声。喝冰果汁不如冰可口可乐酣畅淋漓，就是少了这一声。

如果您爱吃瑞士干酪锅，一定会觉得，锅底干酪"咕嘟咕嘟"冒泡时是美妙的开始，冷却凝结后焦脆香浓的干酪被从锅底挑起来时的"刮剌刮剌"声是美丽的结束。

好的西瓜和笋，一刀下去，会很主动地"夸"一声，裂开了。这一声"夸"饱满而脆，听声音就能想见刀下物的脆声。

好的萝卜切起来，落刀声音脆，"嚓"的一声，但往下手感会略钝，质感均匀，一刀到底，很轻的一声"咔"。太脆了就不好：吃着太水。

五花肉煮得了，刀切上去会觉得弹，切上肥肉时，手感很软韧沉；到瘦肉时会爽脆：说明煮透了，不软绵绵跟你较劲。

冬天吃脂膏冻上的白切羊肉，入口即化，酥融好吃，吃多了之后，听见切羊肉的"些些"声，也会觉得好听得要命，配上酒颠儿颠儿往酒杯里倒的声音，这就完美了。

我最中意的味道，是米饭的叹气声。您揭开锅，扑簌簌一阵淡而饱满的香气腾完，会听见米饭带出一声极轻的"浮"，像叹气似的。那时就知道：米饭香软得宜，再加点切咸菜的"喀刺"声、炒花生的"噼啪"声、炖红烧肉的"咕噜噜"声、炒黄豆芽的"淅沥沥"声，这就是一桌好饭了。

早饭吃什么

几年前，在康定过夏天，主人家养牛，每天早饭有新鲜牛奶喝。牛奶极鲜浓，入口口感厚润，但滑，不挂滞，过了颊就轻若无物，直通肚子。

主人说，别喝太多，会滑肠，到时候一天都离不开洗手间。

配牛奶的是现打的面饼，绵软好撕，香软耐嚼。加上鸡油辣子，味道纯正，偶尔还嚼得到碎鸡骨头。辣味虽重，被牛奶一漫，也就过去了。吃完了这些，再来杯酸奶：养牛人家做酸奶，酸得真醇厚；不习惯的人如我，不加糖就难以下咽。加了糖，味道圆融通透。

我在重庆时，早饭总是吃小面和油茶。我个人所见的食物里，重庆小面是食材与调味料比值最夸张的。没见到，真不敢信：调色般地布开酱油、味精、油辣子海椒、花椒面、姜蒜水、猪油、葱花、榨菜粒。浇头和青菜也没定规了。加肥肠、豌杂、藤藤菜等，随意。十几二十来样料，全为了衬托一碗面。面出锅，老板大写意地在面上天女散花般地下料。吃起来，满嘴"噼里啪啦"，味道跳荡；因为辣和烫，你得快吃，所以吃小面，如快船过峡，又如看美女短跑，风景不暇看，眼花缭乱。

油茶，因为都买现成的，我一直不知道怎么做。大略是米羹样子的糊糊，吃得出盐、猪油、花椒粉、胡椒粉、油辣子，加黄豆碎或花生碎，最后得加点馓子碎段——也可能是炸面碎段。花椒鲜麻，馓子段香脆，和米羹一勾兑，吃不腻。

我在天津吃早饭，尝过一次面茶。不知道是秫米还是面，一锅熬成糊糊，洒芝麻酱和花椒盐。

冯骥才先生写前清时，有家杨八面茶最有名，秘诀就是下半碗面茶，洒一层芝麻酱；再来半碗，洒第二层芝麻酱，这样越吃越香，不会吃一半没味了。劳动人民的智慧。

天津的油条——或者说果子——也好，不粗，但脆。咬起来有"嘶啦嘶啦"声。

我不知道锅巴菜——或者嘎巴菜？——是不是天津人早饭通例。我在早饭时吃过一回。吃之前，以为真是菜，吃上了口，才觉得像豆粉面勾芡的，口感奇异，用来拌点什么汤或者卤，稀里哗啦，好吃。

　　北京朋友跟我说，传统的北京人吃早饭，烧饼夹油条，不就豆浆而就粳米粥。我喝过一次粳米粥，砂锅熬的，半融化又粒粒分明，冬天早上喝一口，整条脊梁都暖和通了。老板考虑到我是南方人，怕我吃不惯，特意加了勺甜面酱。

　　在武汉，我早饭吃了次热干面，后来每见到武汉馆子，总饶不了这道。芝麻酱让整碗都有种粗粝又雄浑的香气。整碗面都跟着活色生香。挑起面来，拖泥带水，黏连浓稠，甜香夺人。我们那里的汤面讲究清爽，但热干面反其道而行之，像在美味沼泽里捞面。我当年吃的第一碗，有辣萝卜干和酸豆角，没别的。所以我以后去哪儿吃热干面，都习惯这样了：萝卜干韧脆辣，酸豆角酸脆，搭配芝麻酱沼泽里捞出来的浓醇面，相得益彰。

　　我后来在巴黎遇到过一家做热干面的店，老板刻意将面揉细了一点，芝麻酱也选不那么浓稠的。我跟他讨论说，热干面的粗和颗粒感挺重要的，他也承认，但对非武汉人而言，要欣赏这份粗粝浓厚的美味，其实还有点麻烦的——吃惯了的，会觉得这样才是唯一正确的做法。

　　在海南，我早饭吃过一次蒸粉。岛民做法，粉和鸡蛋液和了，加点油——和米粉时加油，据说是海南抱罗粉的秘诀——然后蒸；蒸得液态刚呈现固态，看去白亮亮颤巍巍热气蒸腾时，加辣子和酸豆角吃，红白绿黄，吃得一身汗。

　　无锡、苏州、上海人吃早饭，相去不远。爱吃面的，大早上去面店排队，等着吃头汤面，还经常叫宽汤——吃完面了喝汤，冬天也能喝出一脊梁汗。

鸭肉面、咸菜肉丝面、三鲜面、笋干面，我爸还爱加姜丝。

不吃面的，在家里吃稀饭——无锡叫泡饭。下泡饭的，萝卜干、毛豆、肉松、鱼冻、盐腌豆腐、干丝。夏天吃个咸鸭蛋，或是西瓜皮用酱油腌一下，也能下一顿早饭。

豆浆油条，北方南方吃法不同。我听天津朋友说，他们那里习惯喝清浆。

上海人早上吃生煎，是能特意排个队的。无锡这里还吃咸豆花：用盐和油调味，加榨菜末，滑如鸡蛋。我见过用咸豆花配甜糍饭团的——外面是糯米，里头偶尔包油条，加糖，外糯里脆——想起来就有点堵。

英国人饮食在全世界范围内被嘲笑，但泥泞里也能挖出黄金：英国人有他们招牌的英式早餐。标准英式早餐如果摆全套，可以环绕一桌——虽然法国人也会笑，说也就熏肉和煎肉肠是英国人传统；其他煎蛋和炸蘑菇，有些南欧风；炸番茄和咖啡，是大航海时代之后才兴起的；茶来自东方，也就炸面包片像那么回事：我听英国朋友说，炸面包得选烤过两天的面包再用黄油煎，以保证酥脆焦黄——听着像我们用隔夜饭炒蛋炒饭；好的培根煎好了，极脆，我有朋友爱用土豆蘸培根煎出的油吃。

有种说法是，英式早餐在苏格兰那里，最初被唤作早餐茶——众所周知，英国人喝下午茶极隆重，胜于正餐；喝早餐茶也阔气摆排场，一不小心，喧宾夺主，成就了英式早餐。

欧洲大陆人吃早饭，统称是大陆式早餐，但细节又有不同。

法语里说午饭是déjeuner，早饭则是petit-déjeuner，"小午饭"。早年间是可以很奢华的，但如今大体总离不开白脱面包橙汁咖啡，加各类果酱。葡萄牙人若奢华些，会来个加鳕鱼柳的煎蛋。当然他们振振有词：法国人，尤其是外省，普遍重视午饭，据说普罗旺斯人一顿午饭直接吃到下午三四点算正常；巴黎人则相对重视晚饭。

西班牙人一整天甜食不离嘴，而且一顿晚饭能从晚八点吃到凌晨。

想想南欧人慵懒，不像英国人朝九晚五，大早上就排开阵势了。但欧陆早餐，也不是南欧这几家独大。往东望望，虽是欧洲，吃法却大不相同。

我吃过几次土耳其馆子的早饭，摆桌很华丽：新鲜奶酪和陈年奶酪截然分开，黑橄榄和绿橄榄是古希腊史诗里就提及的经典，黄油蜂蜜火腿煎蛋再来点西红柿切片，外加各类面包——这是土耳其人的春夏吃食。店主跟我说，如果天气寒冷，土耳其人游牧民族的嗜肉作风就会被催醒：煎蛋香肠锅，甚至著名的Pacha都能当早饭——所谓Pacha，就是羊头汤里煮各类面包和豆类，浑厚浓壮一大锅。我没吃过，但想起来就觉得，大冬天一早上就吃得这么金戈铁马，真痛快。

去瑞士时，曾见着一家波兰馆。早饭也豪迈：各类腌肠火腿，配各类干酪；家制糕饼用来下浓咖啡。

但有两样，别处不常见：一是小番茄，二是煮蛋切开加红辣椒配芥末——这二物都殷红夺目，摆桌上让人来不及看别的了。具体是否正宗，就不知道了。

德国人吃早饭不算华丽，很正统的欧陆早餐，有一点英国味：熏肉、各类香肠和咖啡为主。但德国人别有些坚持：首先，他们似乎挺乐意来些玉米片之类的谷物，然后，他们对果汁的新鲜度格外挑剔，仿佛早上喝不到好果汁，就像车子没油似的；又德国人极重果酱，可以在两人早餐桌上，排开十来瓶果酱和酸奶。当然，德国人还觉得，他们有独一无二的德国面包卷，但法国人，尤其斯特拉斯堡一带的人会抱怨，说德国人所谓德国卷，其实是法国卷。

我有段时间，常去一个印度馆吃早饭。偶尔能赶上店主做黄姜米饭，但大多数时候，就是翻来覆去的几道：要么是米饼配两种辣酱——通常一红一绿，红的辣，绿的是蔬菜腌酱——就算一顿了。如果不饱，再来个脆煎饼也过得去了。有时候，会来个蔬菜煎饼，妙在香料和蔬菜常混在一起，烘得半熟。店主还做过一回怪饭，音译听着像"阿鲁颇哈"，我盯着看他做，似乎是香料腌过的米饭配土豆、酸奶和咖喱炒，很像中国人吃的咖喱炒饭，但味道又妖异得多。这么说吧：上头两样，都是爱吃的可以爱得死去活来，恨的人会觉得是野蛮人所食。

日本远离大城市的一些地方，还保留着传统早饭。我在静冈一个地方住时，吃老式日本早饭：一份温泉蛋，一条烤鱼，一份鱼糕，一份味噌豆腐汤，一碗米饭，一份纳豆。盐腌鱼、酱菜或梅子汁腌姜。当然，大城市年轻人也是面包咖啡，吃了就上班了。

在意大利过夏天，吃了半个月的早饭。大体上格局还是大陆式早餐，当然自有特色：意大利人早饭几乎非得喝浓缩咖啡不可，而且喝起来气势非凡，常见着邻桌汉子喝浓缩咖啡，像中国人喝白酒：一仰脖子，小盅空了。意大利人火腿、熏肉、色拉米香肠如果不好，很容易被觉得不上道。色拉米尤其对比夸张，不说各城市口味不同——同样是色拉米，威尼斯比罗马味道重得多——哪怕是同一地方，都有区别。好些老板会自己酌加香料，做出独家色拉米来。再是果酱，比起法国德国的果酱，意大利果酱更有凝冻透明、颤巍巍的肉感，吃起来也顺，舌头如划秋水，满嘴清甜。我见过不止一位老人家，吃早饭时，一口浓缩咖啡，舔一下果酱，然后满脸欲仙欲死的陶醉状——真也不嫌腻。

希腊南边好些地方，尤其是基克拉泽斯群岛，早饭就是一大碗希腊酸奶，讲究些的加香蕉切片或蜂蜜在里头，搭配一杯冰咖啡；再往东诸岛，有人敢配土耳其咖啡喝。愚以为，希腊酸奶和土耳其咖啡，一白一黑，一凝滑一粗粝，一酸一苦，各臻巅峰，但有人就是吃得甘之若饴，各有所爱吧！

米饭

我小时候，家里尚无电饭锅，父母教做饭时很认真，好像炼金术士传授符咒口诀：水放多少，火候如何，谆谆不止。这是件关系到每日饮食的大事。

我们那里的米饭大多是靠水煮的，总是宁肯放多些水。因为水多了，最多饭软糯些；水若少了，不免成了夹生饭——这玩意儿只有评书里吞十斤烙饼、有不锈钢肠胃的好汉爱吃。

但那时我也不懂，只觉得饭焖得熟，能吃下去，就行。因为米饭太家常，在这个时代也算不上珍贵，许多饭店还愿意点菜附送米饭，谁会仔细去琢磨它呢？

上小学时，听老师说"米饭里是有糖的"，中午去食堂，菜都不要，单要一碗饭，细嚼慢咽，最后咂摸出些若有若无的甜味，大失所望，还是觉得清蔬厚肉的味道，远胜过淡而无味的米饭——算了，还是吃菜去吧。

直到长大了，吃得多了，才大概明白了这事：米饭真是有味道、有差别的。

糟糕的米饭大多相似：大锅饭焖出来，搁着，等顾客要吃，大铲子抄到碗里递来。如此米饭，或者夹生到不能吃，或者软得像鼻涕，而且粗粝磨嘴。吃糟糕的米饭，有时像吃沙子，有时像吞吃泥，深一脚浅一脚，满嘴里都在上演历险记，得不断跟自己念"谁知盘中餐，粒粒皆辛苦"才熬得下去。

吃完了，嘴里像被砂纸打磨过，或腻得慌，急着想喝水。

好的米饭，各有所长。《红楼梦》里，有华丽的"绿畦香稻粳米饭"，听着就觉得颜色极好。我亲眼见过的是：北方的朋友煮饭，是煮米煮得半熟，再上笼蒸。如此，饭粒散开，米汁仍在，所以香美。

我在湖州的一个小饭店，老板娘把米饭单标价卖：是一半糯米、一半香粳米，水比平常略多，加一点油，上锅煮着，满店人竖颈以待；锅开，白气腾完，米饭香软得宜，空口白牙吃就很香，有些微甜味；略加一点腐乳，化学反应似的激发出香味来。

贵州都匀的一个米粉馆子，老板卖酸辣牛肉给米粉做浇头，也卖米饭，当酸辣牛肉盖浇饭。看她蒸饭，米不多淘，水也少，上压力锅煮。问之，老板大咧咧地答："水多了，米就软，不好吃！我的米，我晓得的！"饭煮罢，颗颗筋道，和辣椒牛肉搭档，在嘴里要蹦起来。

老板还特意表演，拿勺子压米饭给我看："看这饭，压不扁的！"

当然，也未必压不扁才好。粳米香滑油糯，越吃越香，不就菜都能吃半碗。籼米纤长松爽，不够软润，但用来炒饭，效果绝佳。各有所长。

——我跟日本朋友说这事时，他说日本以前也有类似说法：口味偏淡不黏的笹锦米，更适合搭配味道清淡的日料；圆润黏香的越光米，更适合拿来做饭团，就点盐便能吃。

——还是贵州都匀米粉馆子的老板，一本正经跟我说：他自己爱吃粳米饭和糯米饭，但做好米粉，需要好水，以及好籼米。

各有所长。

欧洲人吃米饭，是另一种风格。比如西班牙出名的海鲜大锅饭Paella，金黄的汁子炖出来，加数不清的贝类与鸡肉——巴塞罗那和塞维利亚馆子的师傅则说，加鸡肉是瓦伦西亚吃法，他们觉得加墨鱼汁才对。无论加什么吧，饭都不宜太熟太烂，得有嚼劲才成。后来我去意大利，吃了个小馆子的鸡肉菌菇芝士饭，才猝然明白：他们渴望的米饭口感，是超越半生不熟，接近圆满肉鼓的地步，如此才有嚼劲才入味吧。用那个意大利师傅的话说："东亚人更多是希望做好菜来搭配米饭，我是指望把饭做成菜！"

王家卫电影《东邪西毒》里，梁家辉扮演的黄药师去找梁朝伟扮演的盲剑客求和，劝他喝杯酒。

梁朝伟回绝了，说他只喝水：

"酒越喝越暖，水却越喝越寒。"

一句话，情义断了。

暖酒寒水，就是这区别。

热酒，到晚来喝，别有情趣。

古龙《陆小凤》第一部里，陆小凤找到天下第一富人霍休时，霍休正坐在地上，用只破锡壶在红泥小火炉上温酒，空气里满是芬芳醇厚的酒香。红泥小火炉的火并不大，却恰好能使得这阴森寒冷的山窟，变得温暖起来。

这一段很明白，就是借了白居易的"绿蚁新醅酒，红泥小火炉。晚来天欲雪,能饮一杯无"。

古龙真是懂酒。

这场景对天下第一富人而言略嫌简陋,但再一想:红泥火炉温酒,还要别的作甚?

《红楼梦》里面,贾宝玉去薛姨妈的梨香院做客,薛姨妈请他喝酒,吃糟的鸭掌——曹雪芹自己就爱吃南酒烧鸭,一看就是在南京待出的食肠。

黄酒温软甜,蜜水一般,所以贾宝玉这样的小孩也能喝。但薛姨妈和薛宝钗先后劝他,要热了喝,不然对身体不好。林黛玉听了拈酸,借手炉的话儿敲打:

"怎么就冷死我了呢?"

我们那里老一辈喝黄酒,还真在乎冷热。像余华是浙江人,小说里常出现三鲜面和黄酒。《许三观卖血记》里,许三观卖完血了,仪式性地犒劳自己,去吃炒猪肝,以及经典台词:"黄酒温一温"。

——我们那里老一辈喝酒,常是一边吸螺蛳,一边跟朋友吹牛,想起来了,就把黄酒放进铫子里,在灶上小火热着。

——许三观要温黄酒,未必是多喜欢喝,只是要显得很在行。但反过来,温的黄酒确实好喝。任何酒类,入口总有一点"杀",喜欢的会格外喜欢。

但冬天,就适合温了酒,入口时柔软,进口后发作,温度软化了酒的轮廓,让一切都舒服下来。

酒的冷热，不一定是喝，还能派别的用处——比如关云长温酒斩华雄。温酒作为时间计量，比"战不三合"之类，风雅得多了。

反过来想：此前，朔风阵阵，营旗猎猎。关羽在刘备身后侍立，看一群诸侯着急，奋然出列，要斩华雄，被袁术冷眼；曹操却大大认可他，给他斟酒。关羽一句"酒且斟下"，出门斩了华雄，从此以一马弓手扬名天下，曹操端起的这杯酒尚温——人生得意，尽在于此。

后来曹操也青梅煮酒请刘备——三兄弟里除了最好酒的张飞，都承曹操请过一杯热酒。

真好。

热酒不仅可饮，还能吃。

我们那里过年时，惯例要做酒酿圆子吃。亲戚们冲风冒雪而来，先一碗酒酿圆子递手里，暖手；吃一口下去，暖心。

酒酿圆子小巧，也不顶饱，真正取暖的关键，是加热的甜酒酿加姜丝，几口下去，脸红心跳，额头见汗，寒气尽褪。如果是个冷汤丸子，吃都没胃口。

日本北海道有个做法，叫作三平汤。据说传统做法是米酒、砂糖加一点盐，用来炖大块鲑鱼，加诸般其他食材。传说最初是有哪里失火，乡亲们救火罢了，露天里觉出冷来；就废墟里找出剩下的食材，因陋就简做的：一锅汤，大家分了，肚中温暖，身上出汗，心情也就好了。

酒的冷暖，真可见人心呢。

说到葡萄酒，有些喜欢搞仪式的，都一副得把红酒供起来的架势，其实没那么复杂。在欧洲，葡萄酒也是可以兑东西的：大概古罗马时，就有兑香料酒的玩法。

《权力的游戏》里，黑衣军的熊老，爱喝口热香料酒，也正常。英国人最晚到14世纪，也已经把肉桂、姜、胡椒往热酒里放了。

每年冬天，阿尔卑斯山脚下的各处滑雪场，满街卖热红酒。葡萄酒艳红一杯，配方不一：柠檬、姜、胡椒、蜂蜜、橙汁，花样多了去了。我认识的希腊人还真相信：胡椒热红酒可以治感冒呢！

冷酒和热酒的区别，特别显心情。林冲风雪山神庙，吃的是冷牛肉，喝的是冷酒。等外头陆谦们烧了草料场，林冲起了杀心，杀人报仇，风雪夜走，一口鸟气出了，从此不憋了。跑到一处庄上求避雪，看见火上煨着一瓮酒，有酒香，于是按捺不住，撒泼打人，抢了酒来喝，还醉倒了。

此前林冲的一生，委曲求全，低声下气，充军发配，风雪漫天，心是冷的，喝冷酒。等外头一把大火烧了草料场，杀了人，横了心，从此上了不归路。于是撒泼，专门抢来了热酒喝。

一葫芦委屈冷酒，一大瓮撒泼热酒。冷酒热酒的分别，就在这里了。

浮世绘晚期大宗匠歌川国芳，未成名前，除了画画，还兼营修榻榻米。没人叫他修榻榻米时，他就画一整天。

黄昏时出门买酒，挂在油灯旁，继续画，到天色已黑，油灯半枯，酒被油灯温好了，一天工作便结束，于是饮热酒，拍桌子唱歌。窗外猫闻见酒味，一起云集，喵声不绝。

后来国芳模仿同门歌川广重的《东海道五十三次》风景图，画过《五十三猫》。

想想也是：

冬天，在酒热起来的过程里慢慢工作。

工作完了，抱猫，饮酒。真幸福。

日子再难，总过得下去。

热酒最后的一点好处，不在味觉，在嗅觉。

比如冬天光线阴冷黯淡，什么都没滋没味。暖起酒来，没等喝，空气里闻见热酒香了。热酒香意味着有火，有酒，有温度。夏天冷酒适合豪饮，冬天热酒适合浅斟。

古龙《多情剑客无情剑》里写，厨房里空闲下来，两位师傅自炒了菜，喝两口酒，享受每天最愉快的一个时辰，"他们活着，也是因为每天还有这样一个时辰"。

入了冬，人是得有点什么慰藉自己，才活得下去：暖色调的，明亮的，一口热酒。

吃是
一种"修行"

趁你还吃得下的时候

吃东西讲时机，可以等凉了吃。像咖喱刚熬时，香得狠辣，但搁过一晚后，味道变醇厚，甜辣又加，用来拌热米饭，好像香味睡着了，又醒过来了似的。

芝麻爆香时最热，等略凉一点，撒菠菜，拌豆腐丝，抹一把在煎排骨面上，脆酥香好吃。

但像鸭子汤，熬完了须立刻吃：好鸭子汤油不会太重，上来烫，也凉得快。鸭子干吃怎么都好，汤一凉，就像久无往来的亲友，对坐悬望，说什么都尴尬，不如不说。

吃东西的顺序也有讲究：

吃叉烧饭，把饭吃干净，最后慢条斯理嚼叉烧，腻是腻，但心里舒服：好东西，到底留到了最后嘛——那些吃牛腩粉把牛腩留到最后吃的，吃大排面把排骨留到最后吃的，大概都有类似心思。

我小时候，楼下有个邻居，夏天坐院子里，捧半个西瓜举勺吃，下勺径取西瓜边缘，从边上往中间吃。他说，这法子是个特别懂道理的伯伯教诲的：人这辈子，先苦后甜；先吃没味道的，越吃越有味道，到最后吃到瓜中心，特别甜脆——当然，如此怪例子，我也就遇到过这么一位罢了。

有的东西得吃新鲜的。听认识的苏州长辈说，以前他们讲究吃头刀韭菜，不惜重：据说头刀韭菜，经了一冬，藏阳蓄气，特别鲜脆有味，随便怎么炒鸡蛋都好吃。杜甫说"夜雨剪春韭，新炊间黄粱"，想来新剪韭菜绿，炊上米饭黄，刚做的喷香，春天晚上下雨时吃，妙得很。

日本人以前相信，吃每年头产的食物，可以多活75天——听着很玄幻，有点像中国神话中的妖怪都爱吃童男童女的逻辑；更有说如果吃了初鲣，可以多活750天。虽然有些人认定洄游鲣鱼好——那时节的鲣鱼，暑假没作业，吃肥上膘，秋来被捕，拍松了，加葱姜蒜萝卜泥吃，也可以离火远些，烤出油了吃——但到底敌不过初鲣派们势大。虽然听着不太像话：如果一个人每隔365天就能吃到初鲣，从而多活750天，那不是永生了？

当然，吃东西讲时机，不一定都为了长生不老延年益寿。

苏轼有一首诗叫《春菜》，他在诗中琢磨荠菜配肥白鱼、青蒿和凉饼的问题，打算宿酒春睡之后起床，穿鞋子踏田去采菜。说着说着，就念叨北方苦寒，还是四川老家好，冬天有蔬菜吃，接着他想到苦笋和江豚，都要哭了。

如果到此为止，看去也不过像张季鹰的"人生贵适意，怎么能为了求官远走千里而放弃吴中的鲈鱼莼菜羹呢"的调子。

苏轼的话没那么超拔，但平实得让人害怕：

"明年投劾径须归，莫待齿摇并发脱。"

家乡的东西永远好吃，但等牙齿没了头发掉了，也吃不出味来了。

最好的时光过去了，就是过去了。

人得藏着一些食粮，精神肉体皆是。

你饿时，想到冰箱里有肉，柜子里有泡面，望梅止渴，饿劲也缓缓；你焦虑时，想到还有些后路可走，就舒服些。松鼠都知道办些仓储过冬，何况人类智慧非凡。延迟享受，多好。

但这么做久了，您很容易发现：有太多东西，当时信手埋下，指望他日发芽，但时光流逝，回头想吃那颗藏深了的核桃，却发现咬不动了。

更多人不断推迟享受，是出于其他原因：许多人都有囤积等候的习惯。买了之后，总是一推再推不肯看的书；储存之后永远不会再去调用的文件；到处旅游拍下的、当时整理好，日后再也不会打开的照片；某个曾经发愿"一定要好好重温"，特意找到了，然后一直没开始玩的老游戏。

过期食物，扔了就好；老了的书，不读也无碍。但有太多事，就这样搁着过期了，可惜。

每个人或多或少，都存着个虚无缥缈，只有自己珍之藏之的梦想。这些梦想，并非骤然破灭，而是被无限推迟，被当作酒柜里的庆祝香槟：

"我才不会忘掉自己珍藏的梦想呢，只是，我要努力到多少岁（给自己定一个期限），未来的某天，阳光灿烂，无忧无虑，自由自在，可以随心所欲，然后就开始享用！"

但也许到那一天，这些梦想就过期了呢？

毕竟完美的一天，基本上不存在。辛弃疾曾有句绝妙的话：

"莫避春阴上马迟。春来未有不阴时。"

——想着开春放晴了就可以去溜达，可春天根本就没哪天是晴的。

当然，也有人等得到所谓完美的一天——顺便说句，如果真到了那天，未必是天气终于万里无云让人觉得尘埃落定无忧无虑，而是人已经学会了，对许多事不那么在乎了——你打开珍藏的匣子，很可能发现你想做的事，你等待享受的终极快乐，已经被窖藏过期了。你以前宏伟的构思显得很呆，你曾经看上去不朽的理想像枯木一样毫无生气。当时的食欲，当时的心境，都过去了。

少年时喜欢的东西，往往最真诚。少年时的欢愉，也最美丽。

法国大画家奥古斯特·雷诺阿七十多岁时，亲眼看见自己的画作进了卢浮宫，看见自己成了活着的传奇。但说到人生最快乐的时光时，他就想起少时好友克劳德·莫奈。少年时的莫奈，打扮很是布尔乔亚情调；虽然穷困，却打扮得像花花公子。"他兜里一毛钱都没有，却要穿花边袖子，装金纽扣！"在他们穷困期，这衣裳帮了大忙。那时学生吃得差，雷诺阿和莫奈每日吃两样东西度日：一四季豆，二扁豆。幸而莫奈穿得阔气，能够跟朋友们骗些饭局。

雷诺阿，晚年风格多变、功成名就之后的雷诺阿，画作已经开始被国家收购的雷诺阿，对他的女儿说起自己年少时，姿态一如他终身秉持的乐乐呵呵。他说，每次有饭局，莫奈和他两人就蹿上门去，疯狂地吃火鸡，往肚子里浇香贝坦红葡萄酒，把别人家存粮吃罢，才兴高采烈地离去。

"那是我人生里最快乐的时光！"我想想也能理解：少年穷困时的火鸡和酒，比功成名就时的一切都有滋味。

所以，趁着好时候，能吃就吃吧；趁还吃得动时，把能吃的、能做的、能读的、能听的、能爱的，都过一遍。

　　人生不那么短，然而什么都吃得下还愿意吃的年轻时光，却实在没那么长。

夏天的味道

夏天的食物，最好是绿色。

想想冬天，阳光淡薄，大家穿得厚实，吃东西很容易正襟危坐起来。繁复仪式和暖色调食物——红烧肉、过油的千层糕、暖红茶——特别让人舒适。

相反，夏天阳光浓烈，正宜开轩面窗，看竹林杉木绿森森，喝碧沉沉凉过了的绿茶，简衣素行，不拘小节，听蝉声喝白粥吃小菜，最容易让人消暑热去郁烦了。

比如赤豆和绿豆熬了粥，味道都好，但到夏天，大家就是愿意喝清凉绿豆粥。晚饭时不煮米饭，一碗绿豆粥，再吃些家常小菜，也就过去了。

夏天煮粥，宜稀不宜稠，若非为了绿豆粥借绿豆那点子清凉，吃泡饭倒比粥还适宜。粥易入口好消化，但热着时吃，满额发汗；稠粥搁凉了吃，凝结黏稠，让人心头不快。泡饭是夏天最宜。我故乡所谓泡饭其实很偷懒，隔夜饭加点水一煮一拌就是了，饭粒分明，也清爽。医生警告说不易消化，但比粥来得爽快也是真的。

现在想，我们那里夏天的主食，饭热，粥黏。放凉了，饭硬，粥稠。

于是多吃稀饭吧——本地叫泡饭。冷饭热水或热饭凉白开，都可。

下粥菜大多适合稀饭，如炒鸡蛋、酱菜、萝卜干、肉松、鱼冻等。但又不同。粥稠浓，如炒鸡蛋、鱼冻是可以浮在粥面的，味道连绵。咸蛋黄在粥面还泛金红油光。

下泡饭的菜，应当脆响明亮。比如腌得甜咸交加的萝卜干，咬起来咔嚓响的黄豆，以及凉了的雪里蕻毛豆。

夏末秋初，到螃蟹将来又未来，孩子们开始习惯性发馋时，江南阿妈们有种拿手菜，用来配稀饭吃，在我家乡，这菜叫作"蟹粉蛋"。说来无非是炒鸡蛋，但点石成金处是，蛋打开，蛋白蛋黄分开，分别加些香醋，配些姜末。炒功得当的话，嫩蛋清有蟹肉味，蛋黄有蟹黄味，其实都是醋和姜的功劳。搁凉之后，眯眼一看真以为是蟹，吃起来被姜醋二味哄过，可以多吃一碗凉泡饭呢。

无锡这里，夏天生姜常见。大概是怕吃太冷，着了寒，消夜若喝黄酒，便会加姜丝和冰糖，配螺蛳吃。

蒜泥白切肉，肉片做好了，肥的韧，瘦的酥，蒜泥里也要有姜末，味道略冲，但据说吃了不会着寒气。

我吃过的最清凉爽快的夏季拌菜，是西瓜皮。这本是江南人省钱的法门之一：比如哪家买了西瓜，一刀两半，把红瓜瓤剔去，剩了绿皮；把外层带纹路绿皮刮掉；剩下的瓜皮，剁片切丝，蘸酱油吃，像是拌莴苣，又比莴苣透着清新爽甜，实在妙绝。

夏天还宜吃藕。脆藕炒毛豆，下泡饭吃。毛豆已经够脆，藕则脆得能嚼出"刺"的声音，明快。生藕切片，宜下酒。糯米糖藕，夏天吃略腻了些，还黏，但就粗绿茶，意外的相配。

我所见过最具江南风味的下酒菜，出自金庸《书剑恩仇录》里：玉如意勾引乾隆到家来吃消夜，请他喝女贞绍酒，又端上肴肉、醉鸡、皮蛋、肉松来。这些菜宜酒宜茶，夏天下泡饭也可以：

肴肉凝脂如水晶，妙在鲜韧而且凉，不腻；醉鸡比老母鸡汤易入口得多；皮蛋凉滑半透明，本已妙绝，再来个豆腐，浇好酱油，味道绝妙；肉松最为爽口。这些东西加一起做消夜，好吃又雅。本来嘛，才子佳人夏天吃消夜，先来个大肘子，相看两厌，真是不要谈了。

夏天除了吃，还得喝。

《水浒传》里面，杨志送生辰纲，大夏天，逼军汉们大热天走，也难怪军汉们生气。黄泥冈上，白胜叫卖两桶酒。中国元朝之前不兴蒸馏酒，如此料来，那酒该是村酿，大概类似于醪糟的味道。众军汉凑钱喝酒，还被晁盖一伙饶了几个枣子吃。

那段是《水浒传》全书中我所见最温馨的场面：虽然意在下蒙汗药盗生辰纲，可是军汉们一路挨鞭子晒日头，在黄泥冈上终于能躺一躺，买来了酒解渴，还吃着枣子，那几个贩枣子的客人还那么温柔：

"都是行路人，哪争几个枣子？"

这份情怀，就算晁盖他们当场鼓动"要不我们一起分了生辰纲，再把这桶酒和这几车枣子吃了"，估计军汉们也肯了。

大夏天喝醪糟有多美妙？重庆、四川、贵州，到夏天都有冰粉卖，我在重庆所见的铺子，多一点花样，可以加凉虾和西米，再加红糖和醪糟。

我经常跟老板娘说，免去其他，直接来碗冰镇醪糟。

端着碗，"刺溜"吸一口，甜而冰，满嘴冰凉，又甜，又有醪糟那股子酒味，杀舌头，让你不觉就嘴发"咝咝"声，略痛略快，太阳穴都冰得发痛，这才叫作真痛快。然后徐徐喝第三口、第四口，"咕咚咚"下肚，满嘴甜刺刺的，于是大叫：

"老板娘，再来一碗！"

夏天的凉白开

夏天。

蚊香、蝉声、游泳池的味道、晒到要被燃起的竹冠、电风扇吱吱嘎嘎旋转的影子、冰激凌和刀切西瓜红艳艳的咔嚓声。

以前家里没空调，电风扇开到足都嫌慢，只好自己想邪招：

草席睡久了，热得要把皮肤粘住，换竹条凉席，还是热，就隔一小时用凉水抹布擦一遍竹席。再热起来，把竹席一抽，坐在凉凉的瓷砖地板上。

坐了一会儿，嫌不过瘾，趴下，脸贴地板，觉得凉意沁人心脾，趴着看会儿书，就睡着了。

爸妈一回家吓一跳：儿子蛤蟆一样，趴在地上，睡得傻笑呢！

夏天喝水，和冬天喝汤一样，既补充水分，又慰藉体温。

眼里火红时，一杯水就是清凉世界。大热天，看见一杯冰水，一气儿喝干，阿弥陀佛，全身都通透。

没有孙猴子的法术，不能呼云唤雨，只好周全自己：喝汽水！喝茶！喝凉白开！

江南夏日，以前常有两种摊子：一是鲜榨甘蔗汁配上煮的大青叶汁。甘蔗汁本来甜浓略黏，但大青叶汁清淡茫远。二者一混合，颜色青绿，光看着都清凉。夏天喝来，最是解暑。

二是大青叶汁配西瓜皮汁——后者听来很诡异，但江南人夏天吃了西瓜，确实也有些家庭会把西瓜皮留下，切片清炒或凉拌酱油，用来下粥，味道好过萝卜干。西瓜皮汁不如西瓜汁甜，但别有清香，与大青叶汁一合，看颜色就解了一半暑气。

瓶装可乐流行开来后，上述两种饮品日渐稀少。毕竟碳酸饮料解暑立竿见影，打一个嗝，就把郁积在肚子里燃烧的火给吐了一半，比喝甘蔗汁爽快。但是江南的老人家，到夏天看着挥汗如雨、火急火燎的少年，都会禅意十足地念两句话——"心静自然凉""越喝甜越是渴"。

很长时间里，还是有老人家摆这种摊儿：粗绿茶叶，拿大桶熬了，分玻璃杯装好，杯口用玻璃板盖住。摊子摆在树荫下，远望去绿油油一片杯子。你过去，掏个硬币，老人家给你一杯凉好了的绿茶，咕咚咚喝。能被人咕咚咚喝的，不是什么好茶，自然谈不上口角噙香、回味隽永，但一口苦甜苦甜的味道下肚，口渴确实解了，满嘴清爽不黏腻。再喝一杯，身体都轻快了好些。喝完骗腿上车，阳光里继续往前溜达。老人家洗罢杯子，从大桶里再倒出绿茶来。蝉声不休，夏天的日子还长得很。

以前还没有桶装饮用水时，最常喝的，还是凉白开，只是凉白开这玩意儿，从烧开到入口，过程无比漫长。人渴起来，总想一偏头，凑着自来水水龙头牛饮一气，但爸妈不许，怕喝泻了肚子。自来水灌进开水壶，烧水；人渴着，半绝望地看开水壶，满心毛毛扎扎：一会儿觉得这水温吞吞，一辈子烧不开；一会儿觉得这水越来越烫，看着都出汗，谁想喝啊。终于水壶开了，拿起刮痕累累的粗大搪瓷杯，倒了一整杯，看着滚烫的白开水，觉得像面对个刺猬：不喝吧，渴；喝吧，烫。

于是想法子了，比如，接一脸盆的自来水，把搪瓷杯浸在里头；比如，拿两个搪瓷杯，把水来回倒，边倒边吹气。家里有冰箱后，我还从冰箱里掏过老爸冰啤酒用的冰块，扔进搪瓷杯里。如此折腾过一遍，见搪瓷杯里似乎不再水汽袅袅了，觉得凉了，手忙脚乱喝一口，然后捂着嘴生气：又烫着了！不喝了！去去去！所以，白开水最后不是等凉的，而是忘凉的。

小孩子热情来去如潮水，发现白开水搁凉费时良久，就生气，搁下跑一边去，转头就忘了。总得山重水复之后，回来看见搪瓷杯，这才想起来：噢，刚才还搁着凉白开呢！这才想起热来，这才想起渴来。好，喝。

凉白开最好的味道，总是第二口。第一口通常喝得急，急了容易呛，而且嘴干渴得久了，满嘴里都沙沙响，渴得发黏，尖着嘴吸一口，更像是说：嘴啊，先润润，醒醒吧，有水喝了。第二口才是真格的，咧开嘴，很豪迈地吸方方正正一整口。水进嘴里，来不及品——当然水也没什么好品的，其长处主要是淡润，就像夏天雷阵雨之前，天空沉暗，空气里弥漫雨的味道一样鲜明——就"咕咚咕咚"下去了。连喝几大"咕咚"，第二口才算完，夏天的凉白开，搁得再凉，喝了也不像冰镇的那般爽利明快，直冲脑门，却像刚洗了温水澡换上件白汗衫，让人焕然一新，感到舒服。更妙的是一低头，发现喝了这么一口气，还有一大整杯在，心怀大宽。与喝小瓶可乐，一口"咕嘟咕嘟"下去，发现只剩半瓶了那种紧张感，恰成对比。

于是在大夏天午后，蝉声不绝，人盘腿坐在地上，半个脑袋塞搪瓷杯里，咕咚咕咚喝，从急吼吼到慢悠悠，最后温淡舒展而悠长，凉白开的味道。

如此喝着喝着，夏天也就过去了。

凉白开最好的味道，总是第二口。

西瓜论该是夏天才有，但以前我们那里，五月暴暖时节，市集上已经有瓜了。

长辈买菜时见了，看似没看，如过眼云烟。看我驻足，便告诫我不时不食的大道理，当然话不说得那么文绉绉，只是：

"太早上市的瓜都不好吃，又贵，别买！"

用我外婆的话，买暮春时节的瓜吃：

"作孽啊！"

但有瓜上市，就象征着春天到了。看了两个月的瓜，入夏了，能买瓜了。

我随长辈去买瓜。长辈屈指一叩，"啪啪啪"，生；"卜卜卜"，过熟；"噗噗噗"，不错，就这个。

　　卖瓜的偶或要打广告，使刀切一块小小金字塔形瓜，"你看看！"长辈看看，好，决定买了。

　　那一小块，总是便宜了小时候的我。

　　现在想来，每年夏天吃的第一口瓜，都是试吃时蹭的那一嘴。

　　也有不在市集上卖瓜的，是本地瓜农，借了拖拉机或小车，开到住宅区来，扬声问要不要瓜。这种卖法，便宜，实在，豪迈。我家往往一买就是半车，就堆在家里。暑假，我爸妈叮嘱我："一天最多只能吃一个。"我口中应了，上午吃了个瓜；到中午，寻思天热，不想吃饭，那就再开一个吧！——到黄昏爸妈回来，我也振振有词："没吃午饭！就吃了个瓜！"

　　西瓜是真能顶饱的。

　　看家里一堆西瓜碧沉沉，吃一个看三个，心里都快乐。

　　我们那里吃瓜，内外有别。

　　若是招待亲朋客人，自然是切瓣分瓢，盛盘端来。这种时候，我爸颇有经验，拍拍打打，拣一个熟甜的瓜来。熟瓜浓甜，汁水也凝住了，切了瓣捧在手里吃，也不会汁水横流。

　　切瓣不宜大，不然脸很容易埋瓜里，不小心就把瓜籽吃到脸上去了。

　　像《小兵张嘎》里，说"别说吃你几个烂西瓜，我在城里吃馆子都不问价"的那位翻译，吃瓜极为粗野；我小时候与同伴们一起看，深感不以为然，"这不是个好人！"

王澍老师演得真好。

若是自家吃，又不同了：

西瓜拿来，一刀两半。拿个勺，捧半个瓜，挖着吃。

第一口尤其有仪式感：取勺挖瓜心，画圆盛出米，勺子切割瓜肉的手感，自然感觉得出瓜是脆是软、是沙是韧。没到嘴里，光听着沙沙脆响，手感轻爽，已经快乐无比了。真吃上这么一口，清甜爽脆，怡然自得，一整个夏天的红绿，都吃在口里了。

妙的自然不是瓜心这一口。

设若瓜心是靶子九环十环的话，大概三到八环，是瓜相对甜柔多汁的部分，只是瓜籽也多。我急性子，不在乎瓜籽，大勺大块，连瓜籽一起吃下去。我外婆看不过眼，吓唬我道：从前有个孩子，吃了瓜籽下肚，瓜籽在肚里攒多了，从肚脐中破肚而出，长出瓜藤来了——"看你还不吐瓜籽？"我满有把握地告诉外婆，胃里酸度高，不适合长瓜藤——小学生都懂的。外婆直瞪眼。

由内而外，吃到瓜的一环二环时，又是另一个逻辑了。

这时瓜瓢已近瓜皮，瓜籽少，瓜肉脆且多汁。这时便要刮，刮得半个西瓜红肉尽下，淡绿初露，再刮认真些，满瓜都是淡绿色了，手里的半个瓜也成了个薄边青绿大碗，其中盛满瓜肉瓜汁。这时就该慢慢享受了：

吃瓜肉，喝瓜汁，"咕嘟咕嘟"。

最后的瓜肉不够甜，但清爽，由甜及淡，终于一整个瓜吃罢，夏夜也凉下来了。

完了吗？还没呢。

瓜肉再剔干净些，就能拿去交给外婆了。再刮去瓜皮外层，将西瓜皮切块，有说头了：直接酱油一拌，青脆可口，用来下粥；晒干来炒个鸡蛋，可以下饭。切丝和莴苣拌一处，可以做凉菜。一整个瓜，都适合夏天呢。

我小时候，夏天去外婆家过暑假，外婆总让我一个人吃半个瓜。我让让外婆，外婆总是吃了两口便停，说不吃了，"不爱吃西瓜"。我信以为真，于是自己抱了半个西瓜吃了。后来长大些，没那么以自我为中心了，看外婆外公分另外半个西瓜吃，觉得不太对。

后来识字了，看了郑渊洁一个童话《蛇王淘金》，里头有个段落：

蛇王阿奔投胎到人间当孩子，奶奶给他安排冬天的西瓜吃——用我外婆的说话，"作孽啊"——阿奔吃着，让让奶奶，奶奶感动地说自己不爱吃：明明阿奔前一天还看见奶奶把他吃剩的西瓜皮，啃得纸一般薄。

那会儿我多少有些明白了：不是大人不爱吃瓜。一个人独享半个瓜，其实是外婆给我的优待。

自那之后，我也多少懂得谦让了。夏天去外婆家，外婆切瓜，给我半个，我也会小大人似的："外婆切瓢，大家一起吃！"外婆回头就跟我妈念叨："孩子懂事体了！"

那年晚夏时节，某天午后，太阳明晃晃砸在地上。外婆听说隔壁新村桥边，有瓜农卖便宜瓜。她撺掇我，两人戴了草帽，穿了拖鞋，拿了个蛇皮袋、两个网兜，一路走去。

讨价还价，买了七个瓜。她四个瓜装蛇皮袋里，我三个瓜放两个网兜，艰难地往家走，走得又渴又热。到养鸡场旁树下，我网兜左右不平衡，一个滑手，"啪嗒"，一个瓜落了地，倒没碎，但裂了缝。

外婆看着，便放下蛇皮袋，捡起那个瓜来，招呼我坐树荫下，用她那双和面、通煤球炉、立鸡栅栏、砌花坛、编藤椅、补棕绷无所不能的手，就着缝"啪嚓"一下，瓜裂了开来。好瓜，很自然就裂了几块，形状不规则，但裂得开的瓜，其丰美脆甜，经历过的自然明白。

"反正摔开了，就在这里吃了回去！乘乘树荫头，吃吃西瓜，蛮好！"

那天的瓜格外熟甜，瓜的甜味里还有阳光的耀眼，悠长的知了声、路上自行车骑过的轻尘、烟酒店老阿姨洒水泼地的水声，芭蕉偶尔的簌簌声，瓜汁糊脸的黏甜。

很多年后，每次吃到西瓜，我还会想到那个下午，那是我吃过的最甜美的一个西瓜。

冬天吃羊肉，喝羊肉汤

《射雕英雄传》里，郭靖在张家口初见黄蓉时，问店小二要羊肉羊肝——那时他以为，羊肉是天下最好吃的东西。

那会儿是宋朝，宋朝人真是爱吃羊，跟羊有关的故事也多。比如，宋仁宗有天晨起，对近臣说，昨晚睡不着，饿，想吃烧羊。

宋时谓烧羊，就是烤羊了。近臣问，何不降旨索取啊？仁宗说：听说宫里每次有要求，下头就会准备，当作份例；怕吃了这一次，以后御厨每晚都杀只羊，预备着我要吃。时候一长，杀羊太多啦，这就是忍不了一晚饿，开了无穷杀戒。

这事说明宋仁宗人不错，但反过来想：这么识大体的一个皇帝，馋羊肉馋得睡不着！

又比如，当年吴越钱王入朝，来见太祖赵匡胤，太祖对钱王的态度，不像对南唐，"卧榻之侧岂容他人鼾睡"，让御厨做道南方菜看招待。

御厨遂端出来道"旋鲊"。鲊者，腌鱼也。江南人爱吃腌咸鱼，所谓鲞，所谓鲊，都如是。这旋鲊，本身是用羊肉做成肉醢，也就是肉酱。

可以想见刀工火工，都功夫不小。

羊被宋朝人集中火力歼灭，是因为宋朝时，人还不爱吃猪肉——苏轼说猪肉，"富者不肯吃，贫者不解煮"，地位尴尬——而牛又是耕地用物，吃不得——实际上，日本人到明治维新前，都守此例，不敢大胆吃牛。

羊，多好啊！

中国人吃羊肉，时候甚早。古人以牛羊猪为三牲，拜祖宗时得三个玩意儿齐聚，祖宗才肯吃，是为太牢。

上古吃东西，又偏爱酥烂。谈论好吃的，都一定要吹嘘如何脂膏饱满。大概古人牙齿不甚好，喜欢吃软的。

所以周朝，将羊里脊肉捣烂，去筋膜，加作料，就吃了，听上去就觉得入口即化，酥嫩无比，呼为"擣（捣）珍"。但细想来，总觉得少了羊肉的筋骨气节。

唐朝人吃羊，生熟都有。生则吃羊肉脍，切薄用胡椒调味。反正西域与大唐来往密集，不缺胡椒。复杂的是所谓"浑羊殁忽"，按《太平广记》的说法：鹅洗净去内脏，把五味调和的肉丁糯米饭装入鹅腔；再处理好一只羊，将鹅装进羊腹，烤全羊；羊肉熟了，开了肚子取出鹅来，只吃其中的鹅。

这过程复杂又奢华，若非富贵人家，想都不敢想。因为按《卢氏杂说》，别说这羊，连子鹅都值二三千钱。周星驰电影《食神》开头有个乾坤烧鹅，是将禾花雀塞进烧鹅肚里烤熟，也是这种做法，算是艺术来源于生活？

羊当然不一定得空口吃。按李德裕《次柳氏旧闻》说法，某天唐玄宗正吃烤羊腿，让太子李亨负责割肉。李亨一边割，一边用饼擦刀上的羊油，玄宗看着有些不快，大概心想"怎么拿饼当抹布？浪费！"回头，太子把蘸了羊油的饼慢慢吃了，玄宗很高兴，夸太子："就是该这么爱惜！"

刚说宋朝人爱吃羊肉，不只北宋独然。南宋时，宋高宗到大将张俊府做客，张俊请天子吃"羊舌签"，宋朝人说"签"，就是羹了，也就是羊舌羹，想起来就好吃，一定又韧又脆，只是费材料，寻常人吃不起。

又说那时候，都城临安，有位厨娘，制羊手艺高，架子也大。某知府请她烹羊，得"回轿接取"，接个厨娘来做饭，好比娶个新夫人，难伺候！

她做五份"羊头签"，张嘴就要十个羊头来，刮了羊脸肉，就把羊头扔了；要五斤葱，只取条心——好比吃韭菜只挑韭黄——以淡酒和肉酱腌制。仆人看不过，要捡她扔掉的羊头，立刻被她嘲笑："真狗子也。"奢侈靡费的一顿，好吃是好吃的，"馨香脆美，济楚细腻"，但知府都觉得支撑不了——我想也是，请个厨娘做羊，花钱不说，还要被嘲笑，何苦来——没俩月就找个理由请她回去了。

我在甘肃吃羊脸肉时，只觉鲜嫩，口感简直像贝类。按这厨娘做法，是羊脸肉再加葱、酒、酱腌制，应该更嫩更入味吧。

羊肉确有好处：肉有口感，且细嫩。比起猪牛，显得斯文些。

比起牛肉和猪肉，羊肉既没个性，又有个性。说没个性，在于此物性甘而温，老人家有一套鱼生火肉生痰的格物致知阴阳生克理论，可没人说羊肉对身体怎么有害的。有个性，在于羊肉易辨认。我有些朋友口钝，吃猪肉、牛肉时，经常舌头打架分不出来。但羊肉从肌理到气味至于口感，棱角分明。

因此，羊肉是种上得厅堂下得厨房、外柔内刚、谦冲温容的君子肉。

羊肉做法很多，涮羊肉尤其天下皆知。

羊肉天生丽质，所以最适合拿来清水出芙蓉。可是白水一涮，最忌讳的膻味，就像传说里杨玉环的狐臭一样现形。

传说前清，吃羊肉的老北京挑剔起来，非张家口外肥羊不吃；秋天运将进来，玉泉山放养，吃青草喝泉水，好比斋戒沐浴了，这才进得京来，冰清玉洁——好像妃子伺候皇帝前先要洗干净、熏香——这才够资格被片，下锅挨涮。

像东来顺这样的老字号，清末民国时，自己有牧场，找阉割的公羊吃，而且最大的资本，就是那帮片肉师傅：个个都是庖丁转世，目无全羊，游刃有余。只干一季活，挣一年工钱。北京涮羊肉时，片肉可以薄如雪花，委实好手艺。

据说一只羊如果出四十斤肉，也就有十五斤够资格来涮，这么想，真珍贵。

又说，涮羊肉好吃的，只有五处：上脑嫩，瘦中带肥；大三岔一头肥一头瘦，小三岔就是五花肉，磨裆是瘦肉里带肥肉边，黄瓜条也是取其嫩和肥瘦相间。大概行家吃羊肉，一口下去，这头羊前世今生也是门儿清了。

好羊肉天生鲜嫩，不用白水涮还真对不起它。白水一过，不蘸酱都能有天然肉香。

涮羊肉的火候是门手艺，不能一口气都下去。拿筷子夹了羊肉，在滚开的水里一顿，火候自己掌握。出来找到芝麻酱，一蘸，进嘴一嚼，所谓入口即化，鲜得脊背发凉，耳朵发酥。

羊肉做热菜，界面就友好得多。煎炒烹烤，无一不可。搭萝卜，配土豆，好像门客三千面不改的大度孟尝。只是，相比起对猪肉连红烧带扣外加冷淬等一系列复杂处理，羊肉的烹制似乎简洁得多。大概羊肉本身鲜嫩好吃，布衣荆钗不掩天香国色，不用再施以脂粉、加以环佩，淡妆浓抹总相宜吧。

比起鱼翅之类借味菜，大多数羊肉菜都更有发散性，许多配菜都狐假虎威，想借个羊肉的香味。

《骆驼祥子》里提过羊肉馅包子，在随笔里聊过羊肉白菜饺子。后者没吃过，前者吃来比猪肉馅清鲜多汁。

仅论对鼻子的吸引度，烤羊肉串当世罕有其匹：羊肉和孜然味道一合，漫天彻地，是很火烧火燎、撩撩杂杂的香。

加上火焰熊熊、油声滋滋，方圆百米之内都被这种视觉、听觉、嗅觉全方位勾引。再小心翼翼的人，见了烤羊肉都会心情喧腾，胸胆开张，不喝酒的也得来两瓶。据说清末，北京的上流社会还是以吃羊肉为主，猪肉次之，再便是鱼。时令上来说，八、九月间，正阳楼的烤羊肉是都城人民的挚爱。火盆里燃上炭，罩上铁丝，切肉成薄片如纸，烤得香味四溢。食肉还讲姿势：一脚站地上，一脚踩着小木凳，拿筷子吃肉，旁边摆上酒，且烤且吃且喝，快活得很。

羊肉非只北方人爱吃，江南人亦然。比如，湖州有著名的板羊肉，苏州有所谓藏书羊肉。据说湖州、苏州的羊，最初都是明朝时北方羊种南下，在江南宝地，饮清水、吃嫩草，脱了北方羊的雄伟，多了南方羊的婉约。

连羊脂膏一起冻实了的白切羊肉，极是香，最是好吃。咀嚼间肉的口感，有时酥滑如鹅肝，又有*丝丝缕缕*的疏落感。

更妙在脂膏凝冻，参差其间。一块白切羊肉，柔滑冷冽与香酥入骨掩映其间。

无锡的熟食店四季有牛肉供应，但总到入冬，才有白切羊肉卖，常见人买了下酒。用来下热黄酒或冰啤酒显然不妥，通常是白切羊肉，抹些辣椒酱，用来下冷白酒。

过年前后，买包白切羊肉回来能直接冻硬，能嚼得你嘴里脆生生冒出冰碴声。吃冷肉喝冷酒冷香四溢，全靠酒和肉提神让自己体内点起火来。

所以冬天和人吃白切羊肉喝冷白酒，常发生两人双手冰冷、吃块羊肉就冷得脖子一缩，可是面红似火、口齿不清、唇舌翻飞、欲罢不能的情景。

比羊肉更动人的，乃是冬天的羊肉汤。家常也能做，但没有那个火候，熬不出味道。好羊肉汤，需要极好的羊骨头，花时间熬浓熬透，才香得轰轰烈烈。

夜雪封门，饥肠辘辘，披衣出门贼溜溜掩进小店，招手要碗羊肉汤。店主一掀巨桶盖，亮出蒸气郁郁看不清就里的一锅，捞出几大勺汤、大块羊排。一大盆汤递来，先来一把葱叶撒进去，被汤一烫，立刻香味喷薄；满盆皆绿。

我老家，羊肉店旁总有卖白馒头、花卷、面饼的所在。把这些面食，一片片撕了，扔进汤里泡着载浮载沉。

计算时间，等浓香羊汤灌饱这些面团后，趁其还没有失却面饼的筋道，迅速捞出食之，满口滚烫，背上发痒，额头出汗。然后抢起块羊排，连肥带瘦，一缕缕肉撕咬吞下，末了一大碗汤连着葱，轰隆隆灌下肚去，只觉得从天灵盖到小腹，任督二脉噼里啪啦贯通，赶紧再要一碗。第二碗羊汤会觉得比第一碗少些滋味，所以得加些葱，加些辣，羊汤进了发烫的嘴，才能爆出更香更烈的味道。

喝到全身百窍皆开、脚底一路通透直暖到顶心，汗出如浆，衣服全都穿不住了，嘴里呼呼往外喷火。

郭靖在张家口初见黄蓉时，问店小二要羊肉、羊肝——那时他以为羊肉是天下最好吃的东西。黄蓉否决了这个提议，提出要四干果、四鲜果、两咸酸、四蜜饯等，那是因为黄蓉是江南人。

真到了冬天，大雪茫茫，夜雪封门时，黄蓉大概也会认同，羊肉汤才是最美味的——夜雪封门，喝羊肉汤，读金庸，世上还有更美的事吗？

摩洛哥马拉喀什的大广场德吉玛，号称当世最大的夜市。周遭店铺卖香料、饰物、袍服、绒毯、水果、皮革，楼上是各家餐厅的屋顶花园，看得见砖红色的晚霞；楼下则是浩浩荡荡的铺子：烤串，浓汤，塔吉锅，羊头。拉你坐下，让你点单，当你面斩羊，绝非挂羊头卖狗肉。浓烟蒸腾，人声鼎沸。各摊位大厨有些只听得懂阿拉伯语，有些只听得懂法语，有些只听得懂西班牙语，于是得有大嗓门的万事通，在各摊位间晃荡，侧过耳来，听你点单，然后翻译成各摊听花时间熬浓熬透，才香得轰轰烈烈。

得懂的语言，大叫一番。

我叫了烤串烤着；点了羊头切着；羊杂碎噼里啪啦收拾好装了盘；塔吉锅牛肉正在炖着。忽而后面两摊人不知怎么，吵了起来。正收拾串、确认锅、操刀搬羊的大厨，双手一抹围裙，跳出柜台，赶去打架现场拉拽劝架了——我错愕之际，他劝完架回来了。烤虾烤鱿鱼都还嫩着，羊肉烤得入味，羊杂碎和羊头滑嫩酥香，牛肉凝脂软香，浓汤我不敢多琢磨，只一口喝下去，暖和。

——同时处理这么多乱七八糟的，还顺便去劝了场架。

吃完了，我道谢，付小费，走人；问师傅何时休息，师傅在烟雾中一边翻串，一边用法语说了句：

"我们像星辰一样不眠。"

腊八粥的意义

农历腊八，按例该喝腊八粥。

——话说，腊八粥最初，好像跟佛教挂钩。

宋朝《梦粱录》里说得明白："此月八日，寺院谓之'腊八'，大刹等寺，俱设五味粥，名曰'腊八粥'"。

《东京梦华录》说得更明白些："初八日，街巷中有僧尼三五人，作队念佛……诸大寺作浴佛会，并送七宝五味粥与门徒，谓之腊八粥。都人是日各家亦以果子杂料煮粥而食也。"我听寺院的师父说过，腊八粥最初，是为了纪念释迦牟尼于十二月初八即腊八成道——我是不知道释尊他老人家成道的时候，知不知道世上还有中国农历。不过，估计宋朝人也懒得掰扯这个：宋朝人，已经集体这么煮粥——好吃就行了，想那么多?

　　我想大多数纪念日啊什么的，普通百姓，就想找个由头吃顿好的。千年如此。

　　我也很怀疑，世上有没有所谓"最正宗的腊八粥配方"。因为这玩意儿一望即知，就是各种果子杂烩，有什么煮什么，物尽其用，不浪费就好。至于后世所谓的正宗腊八粥配方，我很怀疑是后来者自己编的。

　　我有位老师的丈夫，是个在巴黎搞动画的缅甸人。他的说法：很长一段时间，缅甸僧侣去托钵求食，施主施粥施糯米饭，僧侣也是有啥吃啥。对施者而言，但有就好，尽心就好，也没啥硬性要求。

　　我觉得，这差不多是腊八粥的精神了：有啥吃啥，有就行。

　　我外婆以前，到了腊八，翻箱倒柜，把家里存的各色玩意儿，花生莲子、赤豆绿豆、粳米糯米，煮一锅，供一碗给观世音菩萨。

　　其实更像是怕浪费、清粮库，但说起来振振有词，无可辩驳：

　　"主要是看个诚心！你看我什么都拿来给观世音菩萨了，一定能得好报！"——回头就偷偷塞给我几个干枣子，让我赶紧吃。枣子干了之后不脆，但甜，我吃得快活。

　　问外婆："这样观世音菩萨不怪罪吗？"我外婆也有的说：

"我是对外孙一片好心，菩萨心善，看见也装没看见……"

家煮的腊八粥有多好吃，也未必；好处是口感繁密，坏处也在于此——火候不一定都到了，大多数时候，就是一锅稠。

反正冬天喝粥，也不在意这个：吃着热乎，喝个热闹，稀里呼噜的。加点糖，小孩子尤其爱吃。

之所以腊八粥的佛教色彩淡了，我觉得，两个缘故。一是时间长了，二是，中国的文化，极善兼容并包。

现在没人强调腊八粥是佛粥了，就像不会有人特意强调天王、金刚、力士这类词，最初是佛教词汇——因为天长日久，这些融入我们的文化了。据说清朝时，不信佛的人家，也家家喝腊八粥。起源如何无所谓，融入本乡本土就好。

甚至还有些奇怪的传说。

比如吧，有人说腊八粥罐该供菩萨；也有些就说，装过腊八粥的粥罐，用来养花养草极好。到后来，老北京甚至还有人专门卖粥罐的——我觉得这玩意儿说给印度的佛教徒听，他们估计也发愣，不知所以。

一个文化现象，离了本乡本土，自然衍生转变，慢慢世俗化，就不是故土人可以理解的了——就像我至今也没明白，湘菜师傅彭长贵发明的左公鸡，是怎么被美国人搞得酸又甜的？

当然，其实也不用刻意去理解：世上大多数事追根溯源，原初的模样，都和现在的形态大不一样。生机勃勃的文化，就是这样的。反倒是已经死掉的文化，那就死守着僵硬的规矩，永世不变了。

粥热乎好喝就成了，管他呢。

我上小学时，学过冰心老师一篇《腊八粥》。她说腊八对她个人的意义：她外婆与母亲，忌日都是腊八，所以喝腊八粥，是纪念外婆与母亲。到后来，她的晚辈们腊八喝粥：

因为周总理的忌辰，也是腊八。

我觉得，这就挺好：吃腊八粥这个习俗，最初也许跟佛教有关，但千年以来，已经被勤劳且爱吃的人民，同化成民间习俗了。

像冰心老师这样，将腊八赋予自己的意义，有自己的纪念，自己的挂怀，也很好。

冬夜里的棉花糖

2018年夏天，我回以前在上海的旧居附近，约了朋友见面，在一个馆子里等。

两位服务生一男一女，讲外地口音，坐在门口聊天。

男："你桌上几个菜了？"

女："六个，等汤呢。你几个？"

男："我上齐了。昨天晚上给你打电话没接呢？"

女："我跟同乡老妹喝酒去了。"

男："喝那么久呢？"

女："我酒量好！喝了十瓶。"

男："我酒量就不好。"

女："这说呢，人哪有十全十美的！"

男："这不我看你一眼就醉了。"

女的笑了一声，起身拍了男生脑门儿一下，拍拍自己的围裙："我去上菜！"

男生坐着抬头看了女生一会儿，歪了歪头，垂下眼笑了笑。

2012年吧，那时我还住在上海长宁区。冬夜回家，看到路边一位老先生在卖棉花糖。我，一半馋糖了，一半因为上海冬夜的阴湿，难受得想象力丰富起来，生了恻隐之心，于是问那位老先生：

"您还有多少糖？给我做个大的！"

——想着这样一来，他就能收摊回去了。

之后的情况超乎我想象。他老人家谢了我，一面真做了一个巨大的棉花糖，大到我得用举火炬的姿势举着——低手怕掉了，平端贴脸，平举胳膊太累了，只好举着。

这么大的棉花糖，当然没法在冬夜路上吃——我总觉得吃一口，脸都要陷进去。那只好拿回家了。

这玩意儿大到什么程度呢？那会儿我街区的通宵便利店，到了晚间，两扇门只开一扇，当然还能容一人走进去，然而这宽度，棉花糖就进不去了。

只好去门脸朝街的水果店，买点水果，兼带着一点花生（我们那里，水果店还卖点小零食）。

在店里挑水果时，我也只能单手举着巨大的棉花糖。店

里另两位顾客目瞪口呆地看着我。店主小伙子在收银台后面
圆睁双目，柜台边一个姑娘看着吃吃地笑。

我挑好一只柚子去结账时，店主一边算账，一边时不时
抬头看看我手里的棉花糖。我掏钱不易，右手举着棉花糖，
左手掏兜拿钱包费劲，姑娘就接过去了，我谢了一声，掏钱；
姑娘跟店主咬耳朵嘀咕了几句。

店主跟我搭话：

"这个拿着，不太方便吧？"

"是，我也没想到会这么大。"

"吃得下吗？挺黏的吧？"

"估计吃不下，估计得吃一半扔掉。"

"我女朋友很喜欢这个，要不，你把这个给我，水果不
要钱了。"

"行，谢谢了。"

于是店主接过棉花糖给女朋友，"你等我下班，辛苦了。"
我终于轻松了，拿了柚子回家。

转天去街角吃麻辣烫时，麻辣烫店的老赵还跟我说呢：
"前几天晚上，哦哟喂，水果店的那一对拿了个大得不得了的
棉花糖，吃一口麻辣烫，就一口棉花糖，哦哟喂，搞得大家
都看他们两个……"

2010年吧，当时上海忙世博会，武夷路到天山路那一带，许多路边摊在小区附近出没。

小区右手边的丁字路口，有时会停住一辆大三轮车，车上载着炉灶、煤气罐、锅铲和各类小菜。推车的大叔把车一停，把火一生；大妈把车上的折叠桌椅一拆开，摆平，就是一处大排档了。

我去吃，叫一瓶啤酒，扬声问大叔："有什么？"

大叔年纪已长，头发黑里带白，如墨里藏针，钢筋铁骨，中气充沛，就在锅铲飞动声里，吼一声："宫保鸡丁！蛋炒饭！炒河粉！韭黄鸡蛋！椒盐排条！"

"那来个宫保鸡丁！！"

"好！！！"须臾，大妈端菜上桌，油放得重，炒得地道，中夜时分，喷香扑鼻。如果能吃辣，喝一声"加辣椒"，老板就撒一把辣子下去，炒得轰轰发发，味道直冲鼻子，喝啤酒的诸位此起彼伏打喷嚏，打完了抹鼻子："这辣劲！"

吃完了，都是满额汗水，就抬手向大妈：

"大妈结账！"

老板做菜，几样招牌菜千锤百炼，都做得好吃；但如果有人提非分要求，比如，"老板，韭黄炒鸡丁！"老板就皱起眉来，满脸不耐，最后粗声大嗓说：

"那样炒没法吃！"

某晚中夜时分，我写完一个稿子，饿了。出门到丁字路口，看那三轮车生意大好，大冬天，大叔还只穿件运动衫，外套都脱了，炒得脸通红。我过去了，大叔喘着气问我："要啥？"

"韭黄鸡蛋！"

"好嘞！"

大妈一边听得了，过来拍拍大叔，让他坐，"你炒老久了，我来炒，你歇会儿。"

大叔坐下，没忘了指挥："哎，你鸡蛋放多了！哎，你这分量过了……"大妈没管，铲子飞舞，迅速炒完了，起锅，给我舀了一塑料饭盒，"吃完了再结账！"锅里还留着两铲子的分量，大妈两铲子收在另一个塑料饭盒里，递给大叔：

"这是给你的。"

回头跟我解释似的，说了句："他就爱吃这个——您别介意。"

我连说不会不会，没事没事。

夹起一筷子炒蛋吃了，由衷地赞声：

"哎，真挺好吃！"

好吃
和好吃

且贪吃且傻且好奇

一个个体，不管体重多大，只要不脑袋大脖子粗、肥头大耳、面泛油光，揽镜自照时，总还算得上好面相。所以现代瘦脸儿的人比胖脸儿的人，少了许多辗转反侧摸着脸难以入睡的夜晚。

我家的狗命不错，投了鹿犬的胎，长了张瓜子脸，再胖也不显。所以它从不思考体重，只管狠吃。

当然也是赶上了好供养。

我上大学前，我妈好强性急，忙着跟人谈生意，打扮，怕发胖，每天嫌我爸随随便便、享受生活，"你吃饭还有架子哪，还有姿态哪！"

几年过去，看我能自己过了，我妈卸了担子，整个人变得温柔宽和。赶上小鹿犬到了我家，于是我妈变成了另一个人。但我妈之前喂惯了我，眼前没人可喂了，遂将投喂的动力，全数转到狗身上。

此狗仗着天生脸瘦、四腿纤细，将吃视为狗生第一要务。不挑食，吃得红烧肉，狗粮也肯咽。我妈吃鸡蛋给它留个蛋黄；我妈切干丝给它半块豆腐干，它照吃不误。妙在此狗甚有好奇心，来者不拒。比如夏天晚上一家人吃冰棍，此狗也伸嘴来吃，冻得全身发抖，满嘴"呵呵"声，还是不依不饶。剥葡萄，也伸嘴来啄两口，吃葡萄不吐葡萄皮。肉食米饭，四时瓜果。食谱之杂，比我这个人类都花哨。

此狗本来脸皮甚厚，自发胖后，皮下脂肪满溢，油光水滑，手段也油滑得令人齿冷。比如，厨房刀匕声方罢，我们全家各自拿碗取盘倒酒摆桌，此狗已呈人形，坐在梨花木椅子上，双前爪盘踞桌面，左顾右盼，仿佛立刻要开口说："那么客气干啥，就不要准备那么多菜了嘛！"吃饭时，它先钻我妈怀里讨吃，再钻桌底到我爸处如法炮制。红烧肉、鸡胸脯，当场吃完；肉骨头另叼到楼梯拐角处藏着当消夜。出门吃饭，一笼包子四个，它要吃一个；两笼包子八个，它要吃三个。菜市场卖烤鸭的人和我妈熟，也喜欢它，见之就扔几块鸭肝，狗被养刁了嘴，每次过烤鸭铺都停步不走，双爪踞案摇尾巴，讨到鸭肝方休。

于是没一两年，此狗已胖到，用若的话说，"一根大香

肠上插四根火柴棍"的境界。肚皮溜圆,下垂近地,骨骼已
被肥肉撑开。我爸妈常为之悬心,怕此狗过于肥腴招人眼目,
被抓去煮了当香肉。所以每次我离开无锡回上海,爸妈必信
誓旦旦:一定要减肥,不给它吃了!——下次回来一看,又
胖了。

除了我爸妈溺爱,还有一层关系:这狗生了一双水灵灵
天真无邪的眼睛,让人不由爱怜。多少次我吃午饭时见它眼
神无辜,看似饥肠辘辘,心一软,一块肉又递给了它。回头
我妈听了,一拍大腿:

"中计了!早饭它刚吃了半笼包子两个馄饨哪!!"

此狗吃饭时善于摆谱,出行时亦然。比如周末天晴,爸
妈说开车去公园吧。此狗嗅到要去郊游了,高兴得猛然进化,
上蹿下跳,直立行走,差一点就要成高等智慧生物。下楼梯,
如一座肉山耸动,又如一个溜溜球一路滚下。上了车,必坐
在副驾驶位置我妈怀里,站得笔直看窗外,仿佛视察市容。
到了公园,此狗便疯:钻草地、窜湖滨、绕芦苇、啃桥栏、
拉野屎,无所不为。虽然肥胖,奔走如风,球形闪电,狗肉
导弹。跑累了,草地上仰天一躺,哀哀叫唤,一步都走不得
了,逼我爸妈抱它走。一回家就睡一整天。

此狗善报复,会记恨。比如欢天喜地舞半天,发现我们
不带它出门,便恼。我们放它在家,自己出门,回来一看:
少了个袜子、缺了副手套。看此狗,行若无事,趴在它的狗

窝里，满脸"看我干吗？哼"。

那时把它一提，就会发现它身下狗窝里，袜子、手套，证据确凿。

此狗恨猫。比如陪妈遛狗，树丛里见只猫蜷缩着，黑白相间，好看。我一指："猫！"此狗两耳一竖，两腿刨地一道烟追去，该猫飞蹿而走。狗撵猫，流星追月，绕楼三匝，叫不听。

小猫大多乖觉灵巧，分花拂柳逃得快。狗一路披荆斩棘追不舍。我和妈拦不住，只好学猫叫，叫两嗓子，把狗引来，抱走。

此狗躯体小嗓门大，酷爱挑衅大狗。大狗多半性情温柔、毛发蓬松，像长须白眉的世外高人；此狗却胆大包天，敢朝着大它五倍的狗狂吠，对面的大狗都一脸雍容华贵的无奈。此狗胆子大，但它却怕鞭炮。外面鞭炮一炸，它就惊惶无措，钻被子、躲柜底、瑟瑟发抖。

此狗四岁时吧，生了一窝黑光油亮的小黑崽子。照顾小狗期间，殚精竭虑，还不让我妈接手，终于自己发烧，被我妈送去兽医处。兽医嘱：千万不能让它再喂奶了，会死。

我妈和我说起时抹眼泪："这狗真是为母则强，自己都那么小，还想做个好妈妈……"

此狗很重视狗生质量。吃得多，逛得欢，休息也要高质量。比如阳光好，它在阳台转一圈，回头朝我爸叫两嗓子。我爸不解，此狗就跑到沙发上，用鼻子拱拱我妈拿沙发垫子和毯子改造的狗窝。我爸明白了，把狗窝搬到阳台上，此狗朝我爸摇摇尾巴，眯眼躺下，晒太阳了。

吃饱喝足之后，此狗甚为好说话，对家庭成员言听计从，摇尾巴，还爱仰天一躺，露出其圆如球、大如鼓的肚子让你挠。越挠越欢，还人来疯。你挠一会儿把它翻个个儿，它骨碌继续翻倒，仰天亮肚，然后亮出水灵灵一双眸子朝你撒娇。

我和若讨论过，此狗贪图享乐，好吃懒做，爱撒野，傻大胆，好奇心重，爱见世面，忠心耿耿，厚颜无耻，今朝有肉今朝吃，不注意形象，不懂规矩，精力旺盛，活得跟它肚子一样又饱满又丰润，比寻常人还幸福得多。

而且就是这态度，还感染得我妈也开始做刺绣、学中医、打毛衣、学插花，乐滋滋享受人生——也好。

若说，总结下，这狗姑娘就是且贪吃且傻且好奇，所以活得特有劲——哎，乔布斯不是说"stay hungry, stay foolish"吗，这狗就是这样子，真算是活出生命本质啦。

喂猫记

2017年初冬，我去凡尔赛某农场练骑马。农场颇大，容得下几匹马散步放养，争风吃醋；容得下四只鸭子并排走路，看见人就饶有兴致地围观；也容得下一窝野猫。

众所周知，猫妈妈养了一段时间孩子后，便会母性消退，驱赶孩子离家；那窝小猫中的三个孩子，老大老二都膀阔腰圆、威风凛凛；最小的那只小母猫相形之下，柔弱娇嫩。农场主隔三岔五来，给猫们喂一盆猫粮；猫妈妈与老大老二埋脸入盆，吃得吱吱有声；小母猫在外围转着，嘤嘤柔柔地叫一声。大哥二哥回头朝它"唬"一下，它就回头跑几步，呆呆看着。

但它对人类有好奇心。我在骑马时，小母猫穿过栅栏，过来看着我们：马，人，草地。我朝它伸手，它呆呆地看着，小心翼翼地用脸蹭了蹭。我要走时，它在大柳树下看着我，又柔柔地叫了一声。

入冬了，天气寒冷。我出去跑步，已觉朔风如刀。看公园里鸭子们都抖抖索索，不知怎么，我想起那只小猫来。

我知道养猫有多麻烦，不太想真养……但是入冬了，那只小猫怎么办呢？

我带了一个专业装猫的猫包，坐上小火车去了农场。远远看见大柳树了，听得一声叫，再看，小母猫已经朝我跑来了。我抱起它，先喂了点猫粮，摸摸它的脑袋。我拉开猫包拉链，它自己钻了进去，还挺享受似的趴平在绒毯上。我拉上拉链，朝车站走。

它大概觉出不对，开始哀声叫唤，挠包；我也不管；上了小火车，我料它逃不走了，拉开拉链，它伸出个脑袋，呆呆看我。我也不会猫语，只好柔声对它说：

"乖，带你去一个暖和的地方。"

从此直到我进家门，它在猫包里一声都没再吭。

猫儿到家的第一天，看见猫粮盆如不要命。胡吃海塞，须臾不停，让我想到杰克·伦敦小说里，那个饿过之后胡吃海塞，还在被褥枕头下面藏面包的人物。

平时它胆小，家里有人来回走，它就缩到床下，唯恐拦了我们的路；到家第二天早上，它喵喵叫着把我引到洗手间，让我看昨晚备好的猫砂——它已经排过便，又扒拉过猫砂了；仿佛在怯生生跟我说：

"你看，我这么操作对吗？"

我给它喂了一嘴鱼干，它高兴地舔了舔我的手。

经过了头半个月的报复性暴饮暴食，猫儿放松了。大概发现了猫粮取之不尽用之不竭，发现了主人对它的好并不是片段给予的，它变得温和了。我在灶台做饭时，它呆呆地在旁打量，疑惑地闻闻食材——它从不偷吃，只是总带着种"不可以瞒着我偷吃好吃的哟，我要看着的"的神气。

若和我同去逛街，买了玩具，买了猫窝，买了自动喂食器，买了自动饮水机。玩具，猫儿玩得很开心：它喜欢练习狩猎技能——虽然这辈子未必用得上了——但依然乐此不疲地来回奔跑，时不时朝我们叫一声，俨然一副"你看看，我可能耐了"的样子。自动喂食器每天定点一响，它就下楼去吃；饮水机，它瞧着新鲜，会像文人墨客看小桥流水似的，长时间看着流动的水，小心翼翼地舔一舔，再舔一舔。

那年冬天，我经历了几年来最重的一次季节性情绪失调——原先就有这毛病，到2018年1月下旬加深了。

我自己一向的对抗方法，是提升光线，提升体表温度，是喝水，是好好睡觉，是自己做饭摄入大量蛋白质与水果，是收拾屋子，是运动。但在这年冬天，这些招都不太有用。尤其是，猫儿总是在凌晨五点半就挠我起床，让我缺睡。

但我回头想了想：

　　既然猫可以接受从农场到家居的环境变化，我大概也……可以?

　　我开始改习惯：每晚提前到十点甚至九点半睡觉，次日五点半起床。天还没亮，喝一碗粗绿茶，开始写东西。其间，猫儿有时跳在我膝盖上睡回笼觉，有时嘤嘤叫着要吃鱼干。我经常在早上八点半就完成了当天需要的大多数写作内容，然后可以安心地继续给它营造生活环境。

　　"不要抓! 给你把玩具装好呢! "

　　"不要舔!! 这不是吃的!!! "

　　偶尔写着字回头，便看见它懒洋洋地睡着，盯着我不放。依照夏目漱石《我是猫》或者马尔克斯《在猫身上转世的爱娃》的理论，我有时也无聊地看猫儿的眼睛乱猜。在我的想象中，有以下三种可能。

　　A.它智力太低，根本无法理解我的存在，无法理解这个房间的结构，无法理解宇宙、原子、动植物和光合作用，因此只是简单地关注我，顺便吃、喝和睡觉。

　　B.它智力极高，所以偶尔对我感到怜悯，时常疑惑我体格比它大这么多，为什么生活得还不如它平安快乐。

　　C.它有大智慧，因此并不试图去理解它所处的世界，而是专心致志地抓紧它作为猫的每一秒钟：看看我，以及开开心心地吃、喝和寻找下一个软绵绵的睡乡。

　　2018年2月到3月，我翻译完了一本法语画册，写完了

一本书——稍后也都出了。猫儿到了 3 月中旬，也终于可以放弃一点对我的依赖——它乐意躲到钢琴凳下的猫窝去躺一会儿，不再一味跟屁虫似的跟着人转。3 月下旬，我回上海见朋友。说起猫儿，眉飞色舞。说到怎么给它构筑生活环境，说到怎么让它变成一只温柔的猫猫。朋友提醒我：

"你好像也变了。"

"是吗？"

"嗯，真的变了。"

我想想，似乎，是的。

当我给猫儿构建它的世界时，也是在改变自己，构建一个自己同样生活在其中的世界。它成长了，与此同时，我也多少成长了。

虽然我这个年纪的成长与它这样几个月小野猫的成长，不可同日而语，但终究是，成长了。

天天红烧肉，顿顿女儿红

电视剧《武林外传》里，佟湘玉的小姐妹韩娟来访，装腔作势跟佟湘玉攀比，佟湘玉也跟她铆上斗富。

比如，韩娟阴阳怪气道："这肉啊是真不能吃。"

一边的莫小贝，明明饿得不行，还只能配合佟湘玉打肿脸充胖子的作风，故作悲愤：

"天天红烧肉顿顿女儿红，这哪是人过的日子嘛！"——其实心底里是：

"明明是神仙过的日子嘛！"

我心想：可不吗！

某个冬天，我住在一个暖和但荒凉的地方，倒个垃圾都得徒步走小一公里，每顿饭都得自己做。

带在身边的调味料，一大罐豆瓣酱，一大瓶老抽。当地超市买得到蜂蜜。于是我做了许多次红烧肉，许多次回锅肉。

猪肉最简单的做法，自然是白煮肉片，蘸酱油蒜泥。但那做法太挑肉，且我没有片肉的手艺，做不到晶莹剔透、其薄如纸。罢了。

白煮汤，得就萝卜、慈菇或冬瓜才好。空煮，吃多了腻。

想来想去，还是红烧肉和回锅肉吧，最有味。

做多了之后，也有点心得了。

调味料紧缺，冬日又懒，赶上晴天午后得闲，于是做红烧肉，学苏轼的做法：懒得炒糖色、放八角茴香之类了。就多放水，小火，别的不管。猪肉洗净，冷水加姜，泡一刻。大火煮沸，舀去血沫子；小火炖，不催它，等火候到。放老抽下去，接着炖。

初时有肉腥气——好像日本人特别讨厌这个，总说猪肉很臭，我倒觉得没啥——炖的时间稍长一点就没了。

出门一趟，吹了冬天的风；回屋里，觉得已有肉香，扎实浑厚，黏鼻子。

肉已半融，肥肉半透明，瘦肉莹润。

下了老抽，继续小火，又收一小时，下冰糖，开大火；冰糖融，汤汁黏稠，猪肉红亮夺目。

切了葱花撒下，真好：红香绿玉，怡红快绿。纯粹酱香肉味。不好看，但算经吃。

闻馋了，就夹一块先吃了。柔糯香浓，黏腻松滑。

一筷下去，肥肉瘦肉自动滑脱；入口自然解开。

如此炖出的肉，还有点嚼头，只是纹理自然松脱，像是累了一天回家，脱了鞋子赖在沙发上那点劲头。

本来嘛，人累到这种时候，就要以形补形，靠吃点这么懒洋洋的肉，才能觉得生活幸福。

我们无锡也有馆子做回锅肉，一般和青蒜辣椒小炒肉没区别，还有店铺，往里头加豆腐干。

我后来当了重庆女婿，才发现重庆、成都的回锅肉，比我们那里的回锅肉劲爽得多。

选肉更精，切肉更薄，豆瓣酱当然更正宗，炒的火候更凶猛。出来的味道，脆浓得多。

为啥切得那么薄？

我听两位老师傅说过不同说法。

一个说，回锅肉，回锅肉，是祭肉回锅。祭肉白煮，就看刀工。供完了，回锅炒红。既对祖辈尽孝，又好吃。

又一个说，川菜以前有烤方——类似于烤乳猪——只吃皮，那么剩下的肉就做回锅肉，或者蒜泥白肉了，加个汤，就是一猪四吃。

我也不知道哪个是对的——好吃就好了。

我自己做，那就比较糙了：刀工差，切不了那么薄——

有那刀工我就做蒜泥白肉了——但好在回锅肉有个炒的过程。所谓片片似灯碗，盏盏冒红光。大油大火，把油逼出来些，就好。

如果一整个下午都空着，响晴白日，闲来无事，就焖上一锅红烧肉。一下午闻着肉香，晃晃荡荡。多加点水，焖一锅软软的米饭。肉铺在饭上，肉汁濡润，慢悠悠地吃，吃个入口即化的温软。吃完了肉，留着汁，下一顿可以浇在煮软的宽条面上，吸溜。

《天龙八部》里，段延庆关了段誉和木婉清，给他们送饭，也是红烧肉——关饿了，还是这个最好吃。

还是红烧肉，《许三观卖血记》里有个段落极精彩：当时情况很困难，没肉吃；许三观空口给孩子们描述红烧肉做法，说要半肥半瘦，孩子们都大叫不要瘦的，要全肥——全肥肉当然不那么好吃，但我们都知道：饿过劲的人，就想吃点油的嘛……

不爱吃？饿了就爱吃了。

如果已近黄昏，想来个急菜，回锅肉吧。大火急炒，香味凶辣扑鼻。煮一锅口味筋道的米饭，一口略焦脆的肉，一口饭，吃得人稀里哗啦。

回锅肉不像红烧肉那样多汁，但妙就妙在爽脆，而且用来配米饭好，配面、馒头、饼，甚至烤到略焦泛甜的红薯，都好。

　　金庸在《书剑恩仇录》里，让红花会群雄捉了乾隆去杭州六和塔，专门饿着他馋着他。明明看得见，嘴里吃不上。

　　其间有处细节：乾隆闻到一阵葱椒羊肉香味，宛然是御厨张安官的拿手之作。果然是红花会诸位给他拉来了张安官，给做了一碗"燕窝红白鸭子燉豆腐"、一碗"葱椒羊肉"、一碗"冬笋大炒鸡燉面筋"、一碗"鸡丝肉丝奶油焗白菜"，还有一盆"猪油酥火烧"，真是琳琅满目——然而乾隆还是被整了，看得到吃不到。

　　为什么是葱椒羊肉？

　　都知道金庸喜欢大仲马。大仲马的《基督山伯爵》结尾，大反派大银行家唐格拉尔被罗马强盗们抓了起来，挨饿：强盗们特意在他面前吃洋葱、吃鹰嘴豆烩肥肉，馋得唐格拉尔急火攻心；妙在唐格拉尔开始还嫌强盗们粗野，但闻了洋葱，就想到了自己在巴黎豪宅里，吃到的Mirotons——洋葱牛肉。

　　金庸这里固然是致敬，但的确：洋葱和肉类搭配，味儿大，解馋。凭你之前多么锦衣玉食，稍微一饿，一闻这味，立刻就对肉热爱起来了。

　　乾隆被红花会关起来前夜，享用的是玉如意给他安排的肴肉醉鸡、皮蛋肉松，那是别致有味的消夜菜；但饿了之后，还是会馋葱椒羊肉。

　　唐格拉尔刚被关起来时，看到强盗们吃黑面包大蒜，还嫌那是野蛮人口味；真饿了之后，看什么都香——尤其是鹰嘴豆烩肥肉。

我小时候没见过鹰嘴豆，初读这段时，还想象鹰嘴豆啥样；后来吃到了，也就明白了。地中海东岸许多地方，习惯用鹰嘴豆泥蘸一切，加柠檬、大蒜、芝麻什么都行，挺平民的吃法。

说来豆制品搭配肉类，也不稀罕：我外婆祖上常州人，做黄豆炖猪脚可谓一绝。单黄豆猪脚，略下一点盐，慢慢熬，自然香浓，黄豆软塌，猪脚黏浓。我外婆常说，吃猪脚黄豆吃得嘴被粘住了，就是说吃够了，不能再多吃了——剩下半锅明天吃！

日本人有个说法，认为东方人爱吃的鲜味，主要来自豆制品和鱼类，日常体现为酱油和鱼露；西方人则爱吃乳制品的鲜味，所以奶酪和牛肉吃得欢腾。但我以为不尽如此。

美国南部许多地方，也爱吃豆子炖猪肉甚至猪内脏，炖得软烂喷香。这不大仲马笔下，19世纪意大利人吃鹰嘴豆烩肥肉也很快乐，可见豆制品＋肉类的鲜美放之四海而皆准，人人都爱吃。

至于豆制品＋肉的终极美好，当然是酱油＋肉——哎，又回到红烧肉了。

还是回到《武林外传》：邢捕头赶上饥荒，沦落为乞丐回到七侠镇，见了烧鸡几乎感动落泪。

乞丐小米问他："这么油的你也敢吃？"

邢捕头的回答是神来之笔，没饿过的，没法铭心刻骨地明白这句话：

"油解馋！"

当然，第二天，找回尊严的邢捕头又酷酷地表示要茶：

吃多了，要刮刮油。

大概肚里有肉了，便有余地显摆了吧。

《左传》里，曹刿说过句"肉食者鄙"。这话当然是针对当时的鲁国上层，但也不只适用于当时。

最是那些吃到脑满肠肥、不知人间疾苦的、能随便吃到冬笋大炒鸡炖面筋、鸡丝肉丝奶油焗白菜的——或者是明明知道人间疾苦，还为了死要面子假装不知道的——才会装模作样，说什么"这肉啊太油腻，那是真不能吃"，才会觉得世上有比让人吃饱肚子，更重要的事。

这路人，但凡自己给关上两天，给他闻一闻洋葱牛肉、鹰嘴豆烩肥肉、红烧肉、回锅肉，自然是原形毕露，连眼泪和口水，都要一起流下来了。

重庆，重庆

我有朋友去重庆，多是感叹：这样高低错落的景观，当地人叫以过得这么自在！

大概重庆成为旅游城市，游客满坑满谷之后，大家都在感叹这里的华丽与魔幻。

但重庆这华丽与魔幻，不是凭空出现的。

我初去重庆，是2007年的夏天。那时重庆旅游业还没那么蓬勃，过江索道也没几个人坐，洪崖洞还可以随便溜达，不用排队。大礼堂到三峡博物馆那段夏夜坡道，夜间还有风，还能露天喝酒，吃串串数签签。我曾一个人吃了五十三串，两瓶啤酒——鲜香猛辣，直吃得嘴里一片噼里啪啦，许多辣像烟花般烫舌，满嘴的香。

那时夏天早起，还敢在没空调的小铺吃热早饭，比如油茶，比如小面。午后还有旧书摊，租老评书和连环画。

听卖油茶的老阿姨说，前一年（2006年）夏天很热，热到过43摄氏度。这一年（2007年）夏天还好。

我在重庆度过的最热的夏天，印象里是2013年。我记得那年夏天，从贵阳坐车去重庆，亲眼看着温度计，从早上的24摄氏度（"爽爽的贵阳"）变成了黄昏的41摄氏度。

我有位长辈，之前无论多热的夏天，都要求饭后出门散散步，"不要老是开空调"，但到了那年，也热得到半夜才敢出门吃东西。开车出门停好，蹲露天摊吃冒脑花，心满意足。回去一摸车门，烫得怪叫一声：

"比脑花还烫！"

开车出门吃露天摊，在重庆很寻常。

因为山多，重庆人并不太骑自行车，摩托车产业极发达；再好些的人家，都会有辆车。

我有位前辈做过餐饮业，跟我说，在重庆，想在饮食上玩噱头骗本地人赚钱，难于上青天。

我认识的重庆长辈，都馋，都精，都挑。彼此打听，哪里的泉水鸡，哪里的火锅汤，哪里的柴火鸡，哪里的火盆烧烤，哪里的毛肚，哪里的黄喉，哪里的菌子，哪里的松茸，哪里新开的馆子鳝鱼好，哪里加油站旁边的鱼锅好，哪里的小镇又出了新醪糟……打探清楚，不辞辛苦，千里迢迢赶了去吃，好吃。

有位前辈住北碚，听我说无锡的锡山高约74米，一愣神，"嘞（那）个也叫山？"毕竟他随便出趟门，上下坡就得有这么大起伏。

他自己养鸡，煮出来的鸡汤油金泛黄，说山里伢子，都要吃个鲜——他念"鲜"时，读作"宣"。

很踏实的鲜。

我刚去重庆时，当然也被拉去吃老四川的牛尾汤、邱二馆的鸡汤、陶然居的芋儿鸡和田螺。后来镇三关的火锅，江边的柴火鸡和火盆烧烤也经历过。

最后返璞归真，最爱的变成了：冰粉凉虾，油茶，小面。

渝北、渝中，北碚、江津，大足、万州、合川，到处的面我都吃过，各自有点细微差别。

酱油、味精、海椒怎么炒，用的是青花椒还是红花椒，花椒籽要不要炒前先磨碎，姜蒜水、猪油和菜油要不要兑，葱花和葱段怎么切……

放榨菜，放花生，放芽菜……

干熘，加汤，汤头里放筒子骨头还是肉……

藤藤菜煮多久才能鲜绿不软趴……

各家老板各有各的说法，我印象深的是，"花生粒是去皮后油酥的，所以脆一点""姜蒜水开始用热水烫过再放凉"。

我记得最好吃的小面，都不在馆子里，而是坡坡上，江边上，树林下，坐矮凳，就矮桌，边吸溜边哈气那样吃的，稀里呼噜，吃得噼里啪啦爆出斑斓香味。

吃完觉得辣，旁边叫一碗冰粉。一边哈气一边起身，一身汗，痛快。

开豪车的老爷子下得车来，和几个棒棒军邻座，矮凳矮桌吃小面——我是见过这种场景的。

嗯，棒棒军。

重庆有个大家都说设计有些古怪的车站，我第一次去时头晕目眩。

一位棒棒大叔给我指路，详尽描述如何通过一个极长的地下道，如何走到另一侧，就能找到入口了；他一边引着路，还自告奋勇，要帮我把手里的大行李箱运过去，"十块钱"。

我自己拉着箱子，走到了最后一个长阶梯前，看清路了，于是给了他十元钱，说了声"谢谢"。

他拿着钱愣了下，说这样不好，只领了路，没运东西，"没出汗"，不好挣钱的。我请他收下吧，于是，他把那张十元钞票塞我T恤胸袋里，抢过我手里那箱子，快步上了阶梯。我跟上去了，再把钱给他，他手在裤腿上擦了两下，迟疑一刻，才肯接过钱，说"谢谢哈"，自己掏五个一元硬币放在我行李箱上，说"五块都好咯"。擦擦汗，走开去找下一个活了。

我跟一位（我认为）做泡椒鸡杂的阿婆说这事，她感叹我做得好，又说现在黄桷树少了，夏天棒棒乘凉都不舒服咯，五块钱很好，他们可以吃碗豆花饭。

据说早些年，重庆百姓有个王牌组合吃法：豆花饭，蹄花汤。

豆花饭是一整套：米饭；豆花一碗，蘸水一碟。

重庆的豆花据说最初来自富顺，汤乍看是白汤无味，好些的是用黄豆芽汤来泡水豆花，有清香。蘸水差一点的，酱油、豆豉、姜末、葱花、榨菜就好了，好一点的就可以有肉末和味精。

吃时，夹一点带豆芽香的豆花，到蘸水里一蘸，丰俭由人，老练的吃客能一筷子豆腐蘸了恰到好处的味碟，配米饭吃得稀里哗啦。我是太笨了，所以每次都一种吃法：一大块豆花，一勺子蘸水，扣在米饭上，拌，拌得水乳交融时，吃——香得很。蹄花汤就是猪蹄炖烂，多搭配白芸豆，料下得少，盐也不重。

一口豆花饭，一口蹄花汤。蛋白质丰足得很，咸淡香辣，都齐全了。

我问过重庆长辈：

豆花和蹄花都没有花，脑花也不作花状，为什么要加个花字呢？

有位长辈猜说，大概是个押尾字吧——比如北方话说包子、果子、饼子，有个子字押尾，比说包、果、饼顺口。

蹄花、脑花，也比蹄、脑这种单字说着顺口；蹄花、脑花，也比猪蹄、猪脑，听来顺耳些。

重庆本来是山高路狭江水湍，天高皇帝远，用我一位长辈话说，"住人都够呛"的地方。

夏天奇热，冬天湿冷，多雾多雨，山江险峭。

一代代人，硬生生地战天斗地，开山钻路悬空架桥，辟出偌大灯火楼台立体城市供千万人居此，甚至还从不适合人类居住的环境里，萌发出了趣味。

愣是过得有声有色，愣是过得有滋有味，愣是过得奋发火辣。

能吃苦，而又懂得享受生活。爱吃爱喝，但脚踏实地不忘本。小面油茶，豆花饭、蹄花汤，火锅串串。

干。吃。玩。

重庆，以及这个城市的生活，是每个重庆人，脚踏实地造出来的。

多素朴的原料，都能用心思吃出花来。

多难的天地，都能开辟出生机。

火锅？火锅！

广义的火锅，即"就着锅煮熟来吃"，这种做法，其实古已有之。

中国古代有所谓"列鼎而食"，又有成语说富贵人家"钟鸣鼎食"，差不多就是如此。

鼎格局颇大，往往是一鼎烹就，大家一起吃。用鼎煮食，大概类似于现代一个超大型火锅吧？

战国时，蔺相如曾跟秦昭王说"臣请就鼎镬"——用鼎镬把我煮了吧！大概古代鼎煮之刑，就是个大型"人肉火锅"现场，虽然细想来有点吓人……当然项羽不这么觉得。

三国时，曹丕曾赐给钟繇一个"五熟釜"。曹丕给钟繇写信说，古人用鼎，都是一体调一味；五熟釜好啊，可以调五种味道——似乎是个分格锅，感觉类似于现代鸳鸯火锅。

宋辽时期，火锅已经流行南北。北方，辽国用鼎煮肉，技术很成熟。据说辽国人很喜欢加料：将黄鼠——当地叫作貔狸——用羊奶饲养大，一个鼎里放一堆肉，再放进一只黄鼠的肉，全鼎的肉都能炖得酥烂。

南方，都有涮兔肉了：林洪《山家清供》写，游览武夷六曲，雪天抓了只兔子，山间没有厨师来烹，听了人的主意，风炉安在座上，少半铫子水煮热了，将兔肉下去涮了吃：大概这是所谓山家吃法，猪肉、羊肉也能照此办理。不算精致，但有野趣。

元朝时，来自塞外的蒙古人，很习惯类似吃法。到明朝，北京人也习惯了吃奶酪、吃火锅。

刘若愚有本书叫《酌中志》，写明朝后期宫廷，提到天启皇帝喜欢吃一种杂烩锅：炙蛤蜊，炒鲜虾、田鸡腿及笋鸡脯，又海参、鳆鱼、鲨鱼筋、肥鸡、猪蹄筋共烩一处。

——感觉还是个海鲜杂烩锅。

天启皇帝如果去了葡萄牙、西班牙或者希腊，估计挺高兴。

如此这般，火锅这吃法，并不神秘。

而且，热锅煮着现吃，不同文化里都有。

法国不止一处，惯于用蒜蓉和白葡萄酒来焖煮贻贝，一锅贻贝鲜浓可口不提，熬出来的汤汁也不错；有些小店铺就卖贻贝锅，用炸脆的薯条、撕碎的面包、片好的火腿乃至香肠下锅去，加热两回。当然，罐子不大，所以也等于是每人分配个小砂锅吃了。

日本人也爱吃火锅。有名的就是锄烧Sukiyaki，传说是在锄头上烤肉所得。现在的惯常做法，是以牛油为底，牛肉略烤过，加酱油、味醂等调味，再下煎豆腐、魔芋丝、金针菇之类，涮起的肉加蛋汁，也就是寿喜烧了。

日本人吃火锅，好像很看底料。比如螃蟹底，就叫作螃蟹锅；河豚底，就是河豚锅；老说法还有所谓丸炊：鳖、酱油、酒，一起用土锅焖煮。

也有清淡的，所谓涮涮锅：用昆布、鲣节做汤底，随便涮点什么。

如上所述，不同的锅，也体现不同地方的食物风貌。

我国地大物博，锅也多些。

比如，我在冬天的营口吃到过酸菜白肉锅。经霜白菜腌渍得了，酸爽可口。锅里下酸菜白肉血肠，那是必须的。又东北山珍海味多，蘑菇、山鸡、粉丝、木耳、白鱼，什么都能下去。

我也吃过大锅炖鱼：大块开江肥鱼、五花肉片、老豆腐，粉条在锅里慢熬着；吃着吃着，冷的指尖、脸庞都慢慢融化了，连酸带疼到舒服；出汗；到要吃粉条时，已经进入鲁智深所谓"吃得口滑，哪里肯住"的阶段。

我极爱吃东北锅子的冻豆腐：他处的冻豆腐，没有东北那么扎实韧口，简直可以拿钩子吊起来。

在北京，锅子岂止是吃食，还应时当令，可以报时节呢。

清朝宫廷里有相当长时间，宫女们每年10月到次年3月，晚饭有锅子，听起来仿佛现代来暖气，"冬天到啦"的意思。

按照唐鲁孙说法，老北京八旗子弟们这么吃锅子：锅里加水，葱姜，上桌来了。八旗子弟们懂得吃的，会加花样：叫个七寸盘的卤鸡冻，鸡肉少，冻子多，自己吃着鸡，冻子下到锅里，就是卤鸡汤了。以此涮羊肉，吃得满面红光，剔着牙摇摇摆摆出门。后面一桌来了：有现成的老锅子！好好接着吃！——那会儿还没现在这么严谨的卫生习惯呢。

大概老北京涮羊肉，汤底没那么讲究，在意的是酱。芝麻酱、香油、韭菜花，那都得讲究；如果怕膻骚之气——羊肉哪能没有呢？——那就加麻楞面，也就是不加盐的花椒粉。

据说老北京有些片羊肉师傅，一年只干这么一季活，手上都有庖丁的功夫，心明眼亮。又据故老相传，说羊肉适合涮吃的，曰上脑，曰大三岔，曰磨裆，曰小三岔，曰黄瓜条。羊里脊肉当然好，但太嫩，很容易把握不好，涮老了，还是留着做别的吃吧。

师傅片好羊肉端上桌来，夹一片羊肉，入锅一涮一顿——好些老食客连这一顿都能给省了——然后蘸佐料，吃。好羊肉被水一涮，半熟半生，不脱羊肉质感，肥瘦脆都在，饱蘸佐料，一嚼，都融化在一起了，就势滑下肚去，太好了。这时来口白酒，甜辣弥喉，吁一口气都是冬天的味道。

在北方吃锅子，吃到后来，容易放浪形骸。大雪纷飞之中，穿着厚外套蹲着吃涮锅子，招呼店家"再来十盘羊肉"，吃热了脱下大衣，肌肤冷而肚内热，头顶自冒蒸汽，将还带着冰碴子的羊肉往锅里一顿，一涮，一吃，一摇头：美！

在广东潮汕吃火锅，就是另一种风格。广东不冷，吃不出雪夜围炉的感觉，吃火锅也就是打边炉，吃得精细。北京火锅是水涮羊肉蘸酱，汤太复杂的话，容易招守旧的朋友皱眉，觉得不正宗；广州打边炉倒是汤清鲜得很。另北方涮锅，不忌肥厚；在广州打边炉，吃的倒都是虾仁鱿鱼、腰片肚片、鱼片鸡片、鱼滑虾滑。

我跟一位朋友开玩笑，说这顿饭吃不掉的鱼片腰片，明早起来，是不是还能直接煮艇仔粥吃？朋友认真地回答：

顺德菜里，真的有白粥底火锅哟！

——说起来，日本也有河豚锅最后加米饭做成杂炊的。美食的思维，到处都相似。

广东锅也有风格豪迈的，那就是潮汕牛肉锅了：据说最早是沙茶酱加高汤为底，炭火慢煮牛肉而成，后来就发展出了清汤牛肉锅。我的广东朋友总结道，广东范围内的火锅——包括醉鸡锅、猪骨煲、牛肉锅——大多都是用鲜美食材熬一锅汤，顺便涮点清鲜可口的食物。推论起来，大概一来广东煲汤有一手，所以能耐心花几个小时，用肥鸡猪骨，熬出一锅汤来打边炉；二是广东不冷，没有北方围炉吃个热乎劲儿的需求；一大锅煮好了，顺便涮鱼片、虾片、竹荪、生蚝、猪腰子等，求的是个清雅醇浓，又不同于北方夜雪涮锅、逸兴遄飞的感觉了。

川渝火锅如今名扬天下，其起源不算早。据说本是江上纤夫的吃法，但我翻了翻书，已故川中老作者车辐先生说，按李劼人先生考证，该是20世纪20年代，江北县有人卖水牛肉，便宜，所以沿江干力气活的人爱吃，拿来打牙祭；水牛肉卖得好，牛心、肝、肚、舌也就一起卖了。

当时便流行在嘉陵江边，摆担子小摊，架长凳，放铁锅，煮卤水，开始涮这些牛心、肝、肚、舌。最初叫"毛肚火锅"，后来又不拘泥于毛肚了。大概这就是川渝火锅的风格了：

浓油麻辣，烹煮那些别处不一定会吃的部位。

我也问过重庆长辈，为什么吃火锅时，须用九宫格，听到的说法不一。

有的说，东西下了锅，涮熟了缩了，不好找，有了格子就好些。

有人说，以前讲究"镶起吃"，几家不熟的人拼火锅吃，自家吃自家，免得吃乱了。

我觉得最有道理的说法是：

　　九宫格作用不一。比如中间一格，处于锅心，温度最高，翻腾不止，不宜久煮，却适合涮烫。所以毛肚、黄喉，涮了即起。两边的十字格，温度次之，可以把郡花、肉片、鱼，搁那里慢炖。四角的格子温度最低，就适合把麻花、肥肠之类，拿去慢炖，又或者孩子念叨，"我土豆要吃融一点的，耙一点的"，就搁在边角了。锅虽然是一个味道，不同格子，却代表不同火候，不同口感。

　　所以一个锅看着粗豪，其实吃着，可细致了。

　　东北的酸菜白肉锅或开江鱼炖肉，可以解释为东北腌渍酸菜，产大鱼大肉；北京的涮羊肉，可以追溯口外肥羊，源远流长；广东的打边炉，可以理解为靠海吃海，且煲汤有传统。

　　重庆这吃法的典故呢？

　　一是西南自古好辛香。

　　一般吃惯清淡味道的人，讲究苦辣酸甜，会以为重庆火锅只是辣。但就以重庆火锅的调味而言，牛油与辣椒之外，还有其他的呢。按车辐先生的说法：20世纪中叶，毛肚火锅的卤汁已经有牛骨汤、牛油、豆母、豆瓣酱、辣椒面、花椒面、姜末、豆豉、食盐、酱油、香油、胡椒、冰糖、料酒、葱、蒜、味精，讲究点的还要用醪糟代替料酒。

　　这么热热闹闹的复杂调味，当然不只是"辣"这个字可以形容的。

二是西南饮食，历来喜欢寻找各色可以提供神奇口感的食材，然后用浓厚的味道浇灌之。

这道理，许多川菜也类似：

比如平平无奇的豆腐，清油、牛肉、豆豉，加辣椒面，做到麻、辣、烫、酥、嫩——那就是伟大的麻婆豆腐。

比如没人要的牛脑壳皮和牛杂碎，煮熟切薄，加卤汁、花椒、辣子油红拌，就是如今的夫妻肺片——据说一度叫作废片，因为都是边角料，都是靠辣味，化腐朽为神奇。

川渝火锅的食材，大多很偏门，但又不惜功夫：

脑花做得好的，都是先用酒、葱、姜，外配自家秘制酱料，好生腌过，然后烫出来，不失柔滑香软之味。

火锅涮的肫花——当地读作郡花——会将鸡肫、鸭肫切出花状，再用酱油、姜、蒜腌过，所以越涮越有味。至于小店日常作为招牌的"生抠鸭肠""手撕毛肚"，更加霸气了。

吃完火锅后，总得有碗冰粉凉虾才对。吃过之前的香辣纷繁，再对应那份凉滑细，才算完整。

川渝许多火锅店里蛋炒饭镬气十足，小汤圆甜糯动人，也是这道理：唯对比和不一致感，才能出美味。

不喜欢火锅的人，自有不喜欢的理由。

比如袁枚以前就在《随园食单》里念叨，要戒火锅：

"冬日宴客，惯用火锅，对客喧腾，已属可厌；且各菜之味，有一定火候，宜文宜武，宜撤宜添，瞬息难差。今一例以火逼之，其味尚可问哉？"

按他的逻辑：

一是火锅喧腾很烦人；二是各种菜各有适合的火候，不该一锅煮。

作为江南人，我小时候也觉得袁枚说的有理。但在东北平津、川渝广东都吃了各色火锅后，回头一看，觉得袁枚格局不大，而且显然，不太懂吃锅子……

比如，就广东的火锅汤底，那就风味多变，味道怎会单一？

又如真懂吃火锅的重庆人，自然知道毛肚该什么时候捞起，郡花什么时候到火候。

所以火锅老手，非但不会满锅一个味，反而是能一个菜吃出百种味道来——就一筷藤藤菜，烫着吃、炖着吃、炖透了吃，蘸油碟、蘸干碟，味道自然千变万化嘛。

我很怀疑袁枚没吃过好的火锅。

我自己是江南人。但我觉得，比起那些"将高端食材用极简主义做派调理出高端味道"的吃法，我还是觉得，这种将贩夫走卒都能吃到的食材，化腐朽为神奇地调理到让人爱吃得停不下来，更贴近普通人的爱好。

至于袁枚所谓"对客喧腾，已属可厌"，我是不太认同的，大概他要招待的那些老爷都孤僻，都不喜欢一群人热腾腾的感觉吧？

　　我还记得某年夏天，在重庆南山上吃火锅，看一整山灯火通明喧腾，不知道有多少口火锅。那份喧腾，看了就高兴，整座山都有花椒香。

　　本来是山高路狭江水湍，住人都够呛的地方，现在开辟得大家满山喧腾吃火锅。

　　雄伟之极，壮丽之极。

　　比起俊仆美婢、窗明几净的那一套，还是这个漫山红烈的喧腾，更让人觉得：吃东西真美好，生活真美好。

吃饭、干饭与饥饿中的人们

"干饭"这个哏在互联网兴起时，我还不太知道啥意思。

一开始，我还以为"干饭"乃是"干湿"的"干"，还在寻思：这不是老说法了吗？老电影里常有人自我标榜，"不是吃干（读一声）饭的"呢！

在我父母那辈，干饭和稀饭，确实不一样。江南这里，煮熟的米饭就是饭；加水后，书面语是稀饭，无锡话叫泡饭。菜汤煮饭叫作菜泡饭或咸泡饭。有些馆子还会专门提供"菜泡饭"——惯例是青菜蘑菇加一点虾干配饭，老一辈更爱吃。

齐如山先生总结过：以前华北民间，水煮米，将熟时，捞出米来蒸熟成饭，干而无水分，故此叫作干饭。虽然费事，但因为北方乡间吃饭，向来无汤菜，但又总想喝口稀的。

米饭蒸了，剩下的米汤，就算稀饭了；切一些水菜，加上些盐，就是汤了。

我后来听刘兰芳老师评书《杨家将》，里头杨令公被困两狼山，弹尽粮绝，喝了一碗加了野菜、草根的米汤，又去作战了——那是真困难到连干饭都吃不上了。这么看来，特意与稀饭区分出"干饭"，挺见出以往民间风俗的。

汪曾祺先生写以前农忙时节，不收工钱，但是吃好的，一天吃六顿，两头见肉，顿顿有酒。由此可见，并不是每一代人，都能轻易吃饱饭的。

我爸年轻时，被组织去运河劳动。据他说，以前干挖掘工作的，饭里能有块排骨，或者肉酿面筋；后头负责搬材料的，饭里是块带鱼，加点豆子。现在他已经到了米饭管够也要控制吃的年纪了——知道精碳水得控制着吃，粗粮要搭配着来。

现在流行的"干饭"这个哏，大概"干"读作四声，是个动词。

说起来，颇有埋头进饭、勺匕横飞的画面感。

当然，估计也带有夸张成分。而且，恐怕干的也不只是饭。

我还记得小时候去吃宴席，总是自吹吃饭吃得凶，吃得快；我小舅公笑我：

"你哪里是吃饭吃得快，你是吃菜吃得快！"

大概许多人跟我似的，痴迷发狠的，不是吃饭，而是吃菜。酒过三巡菜过五味，添饭上来。

干饭和干菜是有区别的。

吃菜的主要驱动力是馋，是对美食的渴望；吃饭的主要驱动力是饿，是满足身体匮乏的需求。

2003年夏天，我去旅顺，某个林子旁，有个拱门样的建筑在修，几个工人在吃午饭。

夏天，工人们穿汗衫，蹲在树荫里。人手一个脑袋大的碗，吃饭。我看着，觉得那才真叫干饭——我们无锡老人家，每天吃饭，小碗，米饭，筷子扒拉一口饭，就个菜，喝口汤，慢吞吞地吃，这叫吃饭。吃急了，或者碗里只有最后几口饭了，端起碗"唰唰"划拉两下。

而那几位老哥吃饭的架势，基本是：

脸埋碗口，嘴贴碗边，唰唰唰，连着扒拉；嘴离开碗口，腮帮子鼓鼓地咀嚼着，喉头蠕动，有人还能腾出嘴来说两句话，其他人边动着腮帮子边点头，吃过这一口了，哐哐哐，埋头继续。我留神看他们吃的什么，好像就是饭，加了点荤素，但主要还是饭。腮帮子满满的，嘴边还有饭粒，筷子一点，饭粒嗦进去了。

幅度大，动静大，速度快，看着都让人觉得饭香。

吃饱了，筷子横搁碗上放着，大概等着人来收，蹲着抽烟。不抽烟的站起来，慢悠悠晃膀子，大概准备接着干活了。

比起刚才吭哧吭哧、稀里哗啦的劲头，判若两人。

那份吃饭的劲头，并不显着吃饭是可有可无的闲情雅致，而是实实在在的生活必需。

他们对饭的态度，既认真又虔诚，既热情又豪迈，还带点粗暴的爱。

现在想起来，觉得这才叫干饭。

电视剧《大宅门》里，有一出很棒的戏：陈宝国老师扮的白景琦，白天被气着了，晚上回家，看一群不识人间疾苦的孙辈们不肯吃东西。大怒。

于是叫来善于吃东西的体力劳动者，赵小锐老师——老版《水浒传》里扮李逵那位——扮的郑老屁来吃东西。

郑老屁就默默地，拿个大脸盆，将满桌子吃的汇聚在一起，蹲着，吃完了。

吃得不识人间疾苦的孩子们目瞪口呆，吃得白景琦笑逐颜开："这才叫吃东西！去账房领赏钱去！"

棒极了。

一般饿肚子的人，会被加了调味料的菜勾引。比如浓油赤酱的红烧肉，比如辣子鲜红的油泼面，比如咖喱牛肉、红焖栗子鸡。

饱食终日的，大概看了就会觉得腻。

但真饿过的人，离碳水久了的人，会对饭产生强烈的欲望。味道已经不是关键了，就是身体需要碳水。一碗好米饭，已经够让人兴奋了；如果能再加一点油拌上一拌，就能让人吃得停不下来。我老家乡下，有时会直接吃猪油饭——米饭，猪油渣，一点点酱油，拌一拌，大家吃得稀里哗啦。

当然，哪天如果吃饱了，回头一看，会觉得"这玩意儿又淡又油，怎么吃得下去？"——那大概是，没真饿过吧。

能一猛子扎进饭里，那凶猛的劲头，都是累着饿着过来的。大概世上在我们看不见的地方，的确有许多人，还在饿着呢。能吃饱饭，真的并不那么容易。

每次说到类似话题，我总会想起汪曾祺先生那篇《七里茶坊》。写以前困难时期，做由窝窝配面酱吃久了的人，渴想坝上的羊肉和韭菜花。然而坝上收成也差，但还是赶了羊下来，好让下面的人"吃上口肉"。

然后小说这么结局：

老刘起来解手，把地下三根六道木的棍子归在一起，上了炕，说：

"他们真辛苦！"

过了一会儿，又自言自语地说：

"咱们也很辛苦。"

老乔一面钻被窝，一面说：

"那年月，中国人都很辛苦啊！"

大概世上在我们看不见的地方，的确有许多人，还在饿着呢。

别人家的孩子，
朋友圈里的楷模

古往今来，总有这么一对夫妻，现实中不太见得到，只出现在传说之中。

在古代，他们叫作神仙眷侣，在如今则可呼为"我的一个帅哥朋友"与"我的一个美女朋友"。

在先古传说里，"我的一个帅哥朋友"与"我的一个美女朋友"，一起住在个土地平旷的所在。他们的祖辈逃难而来，世代居此，不知有汉，无论魏晋南北朝、隋唐五代十国、宋辽金西夏、元明清民国。如果让他们考历史背年代，肯定是零分。他们所住的山外，芳草鲜美落英缤纷，所住之处有良田美池桑竹之属。

"我的一个帅哥朋友"插秧、移苗、栽树、放牛，"我的一个美女朋友"采桑、喂蚕、织布、做饭。

他们吃田里产的秫米、竹林产的笋和池里的鱼，偶尔喝点酒。他们坐在院子里吃，每天云无心以出岫，鸟倦飞而知还，东篱下黄花开，暗香扑满袖，一路招引着蜜蜂和菜粉蝶。

后来时代变化，"我的一个帅哥朋友"与"我的一个美女朋友"也就搬了家。他们去往山居别墅了，不再耕田了。

他们住在山间，一起坐在幽篁里面，弹琴，唱歌。

开轩所见，有竹林，有泉水，有卵石；有月光穿过松林，照拂流动的小溪；有渔船穿过莲花，不时往来。春天门外芳草如茵，可以坐着看山。

他们有闲暇，有情致，当然也有朋友。

有些朋友住在山间，头枕青石，身边都是白云；有些朋友住在平原，一见他们来，就会杀鸡设酒，让他们坐在晒谷场上，吹着爽朗秋风，看着绿树青山，说说收成。醉了之后，"我的一个帅哥朋友"如玉山倾倒，"我的一个美女朋友"如桃花满腮，相携回去，继续过下一天，路上枫叶落满了肩。

后来，"我的一个帅哥朋友"形象又变了，他成了个饱读诗书、满腹经纶的大才子，却不愿蝇营狗苟，为五斗米折腰。他决定隐居，去溪边当个渔翁，披蓑戴笠，看白鹭飞翔；去田间当个农夫，开渠引水，扶锄眺云；去山中当个樵夫，砍柴累了，就和渔夫一起在江渚上喝酒，纵论天下；他做这许多事，显得对一切漫不经心，但总会有圣明君主，为了天下苍生，来求他出山。他总是一推再推，还要去溪边洗耳朵，不愿听这些话，但最后又会回转来，想如果不出山，奈苍生何！于是慨然出仕，青云直上，经纶济世，做了一番大事业。

终于回过身来，看看无边落木，想起了酒肆里的莼菜鱼羹和葡萄美酒，于是挂印封金，骑驴下扬州，不带走一片云彩。

当然，这一路，"我的一个美女朋友"都该跟着他，跟着他渔樵耕读、举案齐眉，跟着他青云富贵、当相国夫人，跟着他归隐山林、相夫教子，最后在葡萄架下含饴弄孙，让诸位孙子坐在高高的金银珠宝旁边，听自己讲那过去的事情……

后来，"我的一个帅哥朋友"成了风流倜傥的人物。院栽梧桐，青竹为亭，"亭"中有琴，案上有棋，满架是书，满壁是画。玉狮子镇纸，湖笔端砚，宣纸徽墨，花石纲没拖去的假山，供春制的陶壶，佛堂，山斋，照壁。用的是古玉旧陶、犀角玛瑙，吃的是鲜蛤、糟蚶、醉蟹、羊羔、炙鹅、松子、春韭、云腿、鸭汁白菜，喝的是陈年女贞绍酒。身边有明姬、捷童、慧婢。平日在家里，望着满园风光，披鹤氅，念佛经，焚香默坐，百虑皆消。偶尔出门，也是因为有大盐商、大财主、退隐山林的阁老派人来请。推三阻四之后，终于肯去，踏雪寻梅，烫酒言欢，席间来了酒兴，随意挥洒几句诗来，众人拍手叫好。等回到家，已经有一封封的银子、一盆盆的剑兰，递到了院里。

　　"我的一个美女朋友"则该是一个相国小姐，再不济也得是个乡绅女儿。自小如花似玉，从来闭月羞花。也学得琴棋书画，也自会针黹女红。绫罗绸缎不愁，身边只随个丫鬟。最好是哪一日后院赏花，忽听见前门马喧哗。去看时，原来是个少年郎，正和老爷叙话。小姐隔帘偷看三四眼，可着郎君在心里，便叫丫鬟偷捧出碗茶，指挑几曲琴心，料那郎君，一定听在耳中，下次来踏雪寻梅，就叫丫鬟递出个薛涛笺儿。最后郎君提亲，老爷允许，轿子过门，郎才女貌，婚姻美满幸福，人人称羡。

　　到今时今日，他们大概会如此生活：

　　早上，"我的一个帅哥朋友"睁开眼睛，见日光已透过他大开的落地窗，洒满他的海滩小屋。智能家居提醒他时间，于是他一骨碌起身。他首先得细心洗漱，用尽了牙医和皮肤医生们推荐过的一切健康器材，听着智能助理语音功能，跟他念叨当天应该知道的新闻、琐事和新出炉的流行段子。洗漱一新后，他去厨房，娴熟地做营养配比完美、色彩悦目、仿佛出自烹饪杂志封面的早餐，顺便翻开一本英国19世纪初出版的小牛皮封面的散文集。

　　实际上，"我的一个帅哥朋友"从来是个天才：三岁识千字，五岁背唐诗，七岁熟读四书五经，八岁书法钢琴一手抓，九岁会英语。初中拿遍各种奖，还绝不早恋；高中跨国扬声名，且门门第一；读大学时国际名校破格倒贴招录，他只得拜别父母，出国留学，硕博连读，不小心还顺便创了业。熟习三五门语言，攒下七八辆车；恋爱无师自通，也从不发愁人选。但他却放弃这一切，跑到海边开了个书店。

早餐已罢，"我的一个帅哥朋友"出了门。为了环保，也因为工作地点离他的海滨小屋太近，他不必开车，只是骑辆自行车，轻松溜到他自己开的书店门口。书店有着西班牙在墨西哥殖民时期用的白色拱门，内装潢却是地道的18世纪洛可可风格，细腿桌子、天鹅绒椅子、绿藤白底画墙纸。他给自己泡了杯咖啡，拿起山毛榉木烟斗，点上土耳其烟草，坐在原木高桌椅上，边看书边等顾客。

虽然他开的书店僻处海滨，但总会有风雅高贵的客人鱼贯而入，就像母火母鸡抬起屁股，窝里总有一堆蛋似的。来的客人，都像新鲜鸡蛋一样圆滑光润，客气温柔。

于是，完美先生游刃有余，可以幽默宽和地跟他们笑谈雅噱，最后免不了让他们把一本本价值不菲的书买回家去。午间休息时，"我的一个帅哥朋友"去了隔壁的咖啡馆，遇见了"我的一个美女朋友"。她坐在镶嵌象牙纹雕的柜台后面，身后的柜子里锁满了英国骨瓷茶具、土耳其式咖啡壶、金螺钿漆器和信乐烧茶碗，让你隔橱窗看都觉得眩目。只要你说得出，无论是法式咖啡、意式咖啡、土耳其式咖啡、摩洛哥薄荷茶、英式红茶、日式抹茶、俄罗斯式茶炊，她都能就手立办。当你手捧一杯咖啡，拈起一片秘制糕饼，听着店堂里播放的莫扎特20号钢琴协奏曲，看着墙上她临摹的布歇与弗拉戈纳尔画作时，会觉得自己正处在18世纪的温煦午后。

便是在如此清雅完美的环境中，"我的一个帅哥朋友"和"我的一个美女朋友"一见钟情。当然，他们都不是小孩子，感情观很成熟，为人格外理智。他们没有猴急地结婚登记、讨论财产，而是在咖啡和蓝莓派的甜香中聊天，为感情染色。他们都温文有礼，懂得给对方自由。他当然会邀请她去吃饭，比如，去海边餐厅品味布雷斯鸡和尼斯风松露蛋，而她回赠了马德拉酒和伊比利亚火腿。饭后他们会在海滨上散步、聊天，谈论见到的橘子、狗和花圃，也许会接吻，但他们都会慢悠悠地把这过程拉得无限漫长。

如此这般，在所有人交头接耳的传说里，"我的一个帅哥朋友"和"我的一个美女朋友"过着无拘无束的生活：

他们永远年轻、健康、聪慧、美丽而且不失成熟，永远不用考虑牙疼、胃病、颈椎不适、胆囊炎和神经衰弱。

他们各自开着海边的书店和咖啡店，格调高雅，工作清闲，而且永远没有搅扰，不用考虑湿气、白蚁、进货、账簿、成本与景气与否。

他们享用着志趣相投的爱情，而且彼此都成熟聪明，绝对不会给对方任何压力。

他们当然还得时不时出门旅游，去电视节目、时尚杂志推荐的国度，一边默默听当地人说起那些岛屿与桥梁上发生过的爱情故事，一边互握双手，彼此微笑，深感自己多么幸福。每到一处，都要拍照留念，以便上传到社交网络……

他们活在许多人的传说中，给出的意见也因人而异。比如，"我的一个帅哥朋友"和"我的一个美女朋友"会在去纽约或其他大城市的飞机上，用温柔的语调款款描述他们的人生轨迹。"我的一个帅哥朋友"劝我加强自我时间管理，"我的一个美女朋友"则跟我说如何通过学瑜伽、护肤、下厨和充实自我，来对自己好一点儿。当然咯，对普通人而言，这些法则会了也没有用，因为在传说中，"我的一个帅哥朋友"和"我的一个美女朋友"从小就这么生活优渥，有着无限美好、用物质来衡量和做标签的理想生活。

当然啦，因为太理想了，所以他们基本只出现在口耳相传、用来教诲别人的传说中，你基本无法在现实生活中亲眼看见他们，只能仰慕且佩服地听人念叨：

"我有一个帅哥朋友，如何如何如何；我有一个美女朋友，如何如何如何。所以啊，人生就应该如何如何如何……不信你看看他们的朋友圈……"

当然啦，你对他们其实也很熟悉：他们是野史中的传奇，而在你小时候，会被家长叫作"别人家的孩子"，常用句式是：

"你看别人家的孩子如何如何如何，你看看他们成绩怎么怎么好，找的对象怎么怎么出众，现在多么春风得意，你再看看你！"

当然啦，你可别责怪大家太物质化，因为不拿这些物质标签来吓唬你，这样理想的伴侣，怎么会有压倒性的说服力呢？

借用纽约自由女神像那段话的句式，这理想的、生活在他人口中的完美夫妇，大概就是这样吧？

你们这些加班的、劳累的、疲倦的，被物价、亲友、家庭压力控制的，渴望快乐生活的劳动者……将你们看着电视剧、电影、短视频、言情小说、网络段子、杂志、广告、朋友圈想象出来的美好的物化的生活……交给我吧。

我们就是别人家的孩子，朋友圈里的楷模！伫立在时尚杂志、品牌广告、成功学书籍、心灵鸡汤、万千办公室族和世世代代普通人头悬梁锥刺股后依然忍不住打瞌睡的梦里……高举梦想的灯火！！

吃遍中国，
走向世界

给食物起个中国名字

古代中国人图省事，习惯这么起名字：西域来的，都给个前缀，叫"胡什么"，比如胡瓜、胡豆、胡萝卜、胡椒、胡桃；如果是海外来的呢，就叫"洋什么"，比如洋烟、洋葱、洋芹菜。

西边是胡，东边是洋，分门别类，各安其所，舒坦。

但总这么拿"胡""洋"字样给人安插，也不是很雅。既然中国古人讲求风雅，又是礼仪之邦，那就入乡随俗吧。像意大利人Matteo Ricci来中国，也不强逼着中国人咬意大利语，自定了汉名叫利玛窦。中国人也客气，到清朝就管英国叫英吉利，管美国叫美利坚，都是好字眼。

比如说吧，鼻烟这东西，英文叫snuff，清末大家都好闻这玩意儿，就给起个译名叫"士那夫"，纯是音译。

烟草tobacco，在菲律宾种得甚好，中国士大夫听了，按字索音，就译作"淡巴菰"，也有种说法叫"淡巴姑"。乍看字眼，会以为是种清新淡雅、适合熬汤的菌类。

万恶的鸦片乃是opium的音译，另有个中文名，叫作阿芙蓉，乍听之下，还以为是有毒瘾的诸位，特别钟爱气味，觉得味若芙蓉。实际上一琢磨：鸦片在阿拉伯语里读作Afyum。鸦片确实可恨，但"阿芙蓉"这三字的确很妙，不亚于把希腊首都Athens译作雅典。

阿拉伯语译成中文，还有个词，就是"咖啡"。咖啡，英语写作coffee，读音更接近"柯非"；法语cafe，跟汉语里"咖啡"俩字更像些。但其本原，却是阿拉伯语的这玩意儿读音像是"咖哇"。

有个传说，称最初咖啡这玩意儿产在埃塞俄比亚咖法省，被当地羊误吃了，活力四射，人类才觉得这玩意儿可能好喝。这事没法当正史。但"咖啡"俩字，的确比"柯非""咖哇"好听又好看。

咖啡有一种喝法，所谓拿铁，意大利语写作caffe latte，法语写作cafe au lait，读作"欧蕾"。其实意大利语latte和法语lait，都是牛奶。这咖啡说白了，大可以叫作"牛奶咖啡"，但稍微想一想：中文读作拿铁，听来范儿十足，是给成年人喝的；嚷一句"伙计来杯牛奶咖啡"，就有点像拿来哄小孩子的咖啡奶糖。

同理，意大利语macchiato，初义为彩绘，一叫成"玛奇朵"，异域风情就出来了，尤其这"玛"字选的，很容易让人觉得玛奇朵是哪个漂亮姑娘的姓氏。

意大利文ordine dei frati minori cappuccini，中文译作"嘉布虔小兄弟会"，是基督教某支派。这一派人，喜欢穿浅咖啡色袍子。意大利人后来发明了种咖啡，因为是奶泡打就，色彩特殊，很像嘉布虔派的袍子，于是借了cappuccini起名——于是就成了卡布奇诺cappuccino。

这字眼选得有讲究：一杯奶泡咖啡，叫作卡布奇诺，听着就活泼俏皮；如果译作嘉布虔小兄弟会，"兄弟我请你喝杯嘉布虔小兄弟会咖啡"，感觉就太严肃啦。

广东和西洋进行贸易的时间最早，于是造出了许多漂亮的译名。比如把kiwi翻成奇异果，真是神来之笔，意音皆近。milk shake翻成奶昔，就有点儿一半一半——前一半意译，后一半音译。把salmon翻成三文鱼也源自粤语，一如sandwich翻成三文治，只是很容易让人疑惑：三文治和三文鱼有没有远亲关系？

小时候看香港电影，称呼某种水果叫士多啤梨，一度觉得很神秘，以为是什么神奇的梨，细一看是草莓，再一想就会明白：strawberry，直接音译过来啦。

葡萄牙人拿来做早饭吃的煎蛋omelette，粤语里叫作"奄列"。把egg tart译作"蛋挞"，也是粤语创意。

　　我在广东茶餐厅，吃到过"班戟"这玩意儿，第一次见，会以为是班超之戟；看模样，又不太像戟。再一看，是pancake，锅摊薄饼的音译，可见广东人译音用字，又险又奇。

　　实际上，因为粤语读音引入甚早，所以至今如布丁（布甸）、奶昔、曲奇、芝士这类西式茶餐惯见词，大家都习以为常，把粤语称谓当作惯用了。甚至日语"餛飩"，被翻回成中文就是"乌冬面"，其实也是粤语发的端。

　　但译名界的通行语言，不止粤语一味。清末上海外贸急起直追，语言上也不遑多让。比如，Russian soup俄罗斯汤，被上海话一捏，就成了"罗宋汤"。广东人不是管omelette叫奄列吗？上海人则用吴语念作杏利蛋。欧陆面包toast，广东人叫作"多士"，上海人就抬杠，就得叫"吐司"。

　　有一个美丽的传说，称泰戈尔当年访华，徐志摩负责接待。两位才子一起抽cigar，吞云吐雾。末了，泰戈尔问徐志摩，这玩意儿可有中文译名？徐志摩才思泉涌，答曰："Cigar之燃灰白如雪，Cigar之烟草卷如茄，就叫雪茄吧！"故事动人，但稍一查验便可发现，1905年连载完的《官场现形记》里头，早有了"雪茄"字样。而且上海、苏州、无锡、常州这吴语区的人都明白："雪茄"俩字，用普通话念，与cigar不甚合衬；但用吴语念，就严丝合缝。

面包夹香肠，英语叫作hot dog，中文倒没有叫"霍特多格"，而是老实意译，叫作"热狗"。依此推论，cold stone冰激凌该叫作"冷石"，和热狗还真是一对，但现在却译作"酷圣石"，不免让人替热狗鸣不平：大可以改叫"炽热狗"，听着也威风些。

唐朝的《酉阳杂俎》里头，已经提到过冰与奶制品混一的玩意儿，叫作"酪饮"。宋朝时，大家也习惯管类似东西叫冰酪。但ice cream传入我国，译者就半音半义，来了个"冰激凌"——其实cream既然跟奶油搭界，干吗不直接翻成"冰奶油"，或者古典些，直接叫"冰酪"呢？大概还是觉得"冰激凌"更机灵好听吧。

法国有名的香槟酒及其产区香槟，原词是Champagne。Champagne是法国一个地名，原初意思是平田：既不香，也不槟。19世纪，粤语地区说Champagne出的酒，曰三边、三变，甚至三鞭。吴语区的士人，则称香宾、香冰，甚至香饼、香葩。终于《海上花列传》里，有了香槟这说法。

译名定调极重要。毕竟香槟酒比三鞭酒，不只是字面看去风味有别，功效都不大一样——后者听来，就比较滋补养肾了。类似于葡萄酒产地Chambertin译作香贝坦，就比另一个译名尚贝坦显着酒香馥郁。比起可口可乐、雪碧这样的漂亮译名，还要胜出一筹。

话说，古往今来，最曲折微妙的翻译，大概是这玩意儿：

葡萄牙人爱吃鱼，又信天主教。每逢大斋期，禁肉了，就来吃鱼。葡萄牙人的料理法很有名：拿奶油面糊裹好水果或海鲜，炸了吃，鱼亦然。这么吃鱼，又不破戒，又中吃，真是两全其美。这种吃法的鱼就叫作 ad tempora quadragesima，意思是"守大斋期"。

16世纪，葡萄牙传教士去了日本，带去了火绳枪、钢琴、地球仪、基督教和"守大斋期"。日本人管欧洲外来者叫"南蛮"，管火绳枪叫"铁炮"，管基督徒 Christians 叫"切支丹"，最后看中了这个"守大斋期"。这玩意儿读音不是 tempora 嘛，好，就叫"天妇罗"吧。

日本人爱吃天妇罗，也难怪：古代人本就缺高热量，天妇罗是麦粉、蛋汁混合了，裹好鱼肉或蔬菜炸了吃——如今考究些的面包糠蛋汁炸虾，是现代改良版本了。炸了吃，有油水，适口足胃，有益身心。德川家康当年未开幕府时，年少艰辛，中年跌宕，枪林弹雨下讨生活，好在他懂医术，善自保重，等花甲之年，一举定了日本，开了幕府；又熬到七十五岁，在大阪夏之阵取胜，真正控制了全日本。到此地步，本来该安享晚年了吧，忽然胃就出问题了，未几逝世。据说就是一时贪欢，天妇罗吃多了——后来，江户大奥就严禁吃天妇罗。一说是以家康为戒，当然更靠谱的说法是：怕油炸着火，把房子都烧了。

好玩的是，天妇罗此后又被日本人带到我们祖国的宝岛台湾，后又引到大陆。宝岛呼之为"甜不辣"。食物口味都会被本土化，在台湾岛，甜不辣被做得越来越像日本关西的萨摩扬，失了不少关东天妇罗的气势。还真有些作坊，特意给甜不辣抹几遍甜辣酱，以符合"甜不辣"这三个汉字意思的。至于你去考究，说"甜不辣"这个词，本源是天妇罗，追根溯源是葡萄牙语的tempora，理该是油炸虾，想必一时也没人敢信。"甜不辣"这三个字，看着那么顺理成章，听着就是汉语，怎么是打葡萄牙来的呢？

类似的，日语还有个说法，煎餅／せんべい，读作"senbei"，所以翻译回中文，就成了"仙贝"。想想煎饼变仙贝，馄饨变乌冬，都是来回转了一圈，字形都变啦。

又老北京清真馆，有道菜叫"它似蜜"。唐鲁孙先生说，这玩意儿正牌儿做法是滑溜羊里脊丝。可是现在你找地方点这菜，一般都会刻意做甜，大概觉得，让羊里脊甜，才能够"似蜜"，还有附会成慈禧命名之类的说法。其实"它似蜜"和萨其马、勒特条这些满族小吃似的，是音译过来的。只是年深岁久，冷不丁一听，"甜不辣""它似蜜"，还真以为是汉语里本身就有的词儿，是土生土长的食物。

给外来食物起名字，最常见的是起得特别洋气，如此可以大抬价格。比如牛奶咖啡，一听就卖不出价，音译成"拿铁"或"欧蕾"，就忽然高级起来。更狡猾的法子，就是让你丝毫不觉得突兀，润物无声，融入你的生活，潜伏到你有一天一愣神："什么？这玩意儿是外国来的？"

比如，土豆又叫洋芋，地瓜又叫番薯。大家听惯了，不觉什么，但细想来，这俩货还真像洋芹洋烟、胡桃胡瓜一样，是外国来的。然而本土化得实在太好，大家都不觉得。

比如，如果我现在跟人说："我给你备几个外国菜……一个烤土豆，一个炖南瓜，一个胡萝卜辣椒炒土豆丝，怎么样？"估计会挨揍吧？

大航海时代

1502年2月21日，我辞别公主，去到里斯本码头，身边只有一个叫洛克的老水手。怀里有1000金币，码头搁着艘小船；将船上的5樽胡椒、2樽水晶卖给交易所老板后，手头就有了2046金币。码头师傅会提醒我：食物得花钱，淡水免费。每20名水手，每天要消耗一舱食物、一舱淡水。

我理当在里斯本买特产的砂糖，出发后沿海岸向东北，去到波尔多，把砂糖清舱贩卖，然后满载波尔多特产的葡萄酒，运去北部的安特卫普……为了把握经纬度，我理当在里斯本买六分仪。我理当知道：不要逆风行船，要注意潮汐。

当我手头宽裕后，就该考虑南下，绕过圣维森特角后向东，经过细窄像瓶口的直布罗陀海峡，进入地中海这个大湖，找到亚平宁半岛。我该去比萨买美术品，与那不勒斯的羊毛做对冲贸易。等我发达了，就买新船，更大，更快，然后出发远航。穿过大西洋去新大陆，或者南经非洲，过好望角，向东方去。只要逃过暴风雨和坏血病，就能看见全新的世界：新的港口、新的特产品。我去惩治海盗、发现未知的大陆、晋升爵位，最后，得到公主的垂青。

这段旅途当然不是真的，只出自一款电子游戏，叫作《大航海时代》，日本光荣公司（KOEI）出品。

那是1994年，小学四年级、刚接触这款游戏的我，在餐桌上问爸爸："爸，里斯本在哪里？安特卫普又在哪里？"

我爸爸，一个做国际航运的，呆了呆："你怎么知道这些地方的？"

后来，这个游戏出了二代、三代和四代。那时没有网络，我需要看地图册、翻历史书来查阅一切。我知道了麦哲伦、恩里克王子、达·伽马，知道了里斯本、波尔多、安特卫普、比萨、那不勒斯、马赛、雅典、伊斯坦布尔、哈瓦那、马六甲海峡、巴斯拉、霍尔木兹海峡、斯里兰卡、卢旺达、象牙海岸（科特迪瓦）、卡宴和特卢希略。我知道了象牙、水晶、胡椒、绒毯、美术品、砂糖、葡萄酒、罗望子、洋枪、玻璃、玳瑁、杏仁、丁香、烟草、咖啡、乳香、小麦、瓷器、奎宁、槟榔。我大略记下了风向、纬度、六分仪、掌舵手、操帆手,三角帆和方帆有何区别,橡木和桃心木的不同产地,平底船和尖底船在经商和近海航行时的选择。然后我发现,关于欧洲的书,好像多多少少都会谈论这些:奥德修斯的远洋航行;唐泰斯成为基督山伯爵前是个马赛水手,还在地中海的私贩船上待过;夏尔辜负欧也妮·葛朗台后,去印度做远航生意,赚回来190万法郎……我关于欧洲的一切想象都从这一切而来:击剑短衣、沙龙里的东方瓷器、加农炮、帆索、决斗、远航、朗姆酒。

还有类似作品里一定会出现的句子:要去到很远的地方过无拘无束的生活啦。诸如此类。

而一切的起航点,就在1502年2月21日的里斯本。

2013年1月底,我和若去葡萄牙。飞机先从巴黎到葡萄牙法罗,黄昏时节。机舱门一开,满机舱穿得北极熊似的巴黎人一起惊呼:"Soleil!"(阳光)那两天,巴黎冷到四天前下的雪,还积在路边,顽固不化。而法罗的黄昏,还是12摄氏度的天气。

飞机落稳,出舱,下舷梯。你得走一个标准体育场跑道那么长的路,步行进领行李的大厅。其间,飞机就在旁边溜达起落。你走路,就像在停车场溜达,只是,周围停的跑的,净是飞机。不少次,我都产生了错觉:飞行员正跟我挥手:"您别客气,先过,我等会儿飞!"

法罗机场的行李传送带，煞是霸道。每个传送口往外抛行李，简直是喷出来的。一个行李喷出来，悬空半米，轰然一声，砸在传送带上，拣完就能走。

打出租车去法罗市区。司机大叔留着山羊胡子，身瘦如竹，不会法语，讲英语时舌头像卷厚地毯。

"中国好！我很喜欢上海！啊，我们来欧洲前就住上海。"

我们夸葡萄牙很暖和，巴黎现在冷得像地狱，净下雪。大叔很高兴，吹嘘："我们这里是葡萄牙南部的大城市！海景可棒了！气候特别舒服！——当然，也有缺点啦，我就没见过雪！"

我们对大叔说，想搭车去拉各斯。大叔说，公共汽车怕是没了，坐火车吧，不过也要抓紧时间——葡萄牙规定，周末天一黑，什么车都没了。

我们去买长途公车票，时间是下午五点二十四分。柜台的一个阿姨慢条斯理地跟我们说英文。

"我们需要最近一班去拉各斯的车票。"

"去拉各斯的车现在出发。"

"现在？现在五点二十五分的这班吗？"

"对，去拉各斯的车现在出发。"（第二遍）

"我们现在可以买那班的票吗？那班车已经离开了吗？"

"哪一班？"

"去拉各斯的呀。"

"去拉各斯的车现在出发。"（第三遍）

"对啊，我们要现在的这班票！五点二十五分那班的车票啊！"

"但是现在不是二十五分，现在是五点二十六分了⋯⋯"

"⋯⋯等等，我们是问，我们刚才说的那班原定于五点二十五分开的车，已经离开了吗？我们还能买车票吗？"

这时，阿姨抬头看了看车站方向，慢吞吞地、温柔地、甜蜜地说："哇！开走了！"

然后，我们看到一辆车，慢吞吞地、温柔地、甜蜜地启动了。

我们只好乘火车去拉各斯。站台上一位圆肚子大叔，过来跟我们聊。我们换了英语、法语，急了甚至来句："Amigo！"（"朋友！"西班牙语）该大叔摇头，表示只会说葡萄牙语。我们给他看车票，下午六点半的车，距出发还有近一小时。他就点点头，表示晓得了。

我们去河滩边看暮色，边等车。有一对情侣站我们身后。男生瘦削、头发打卷、戴耳环，跟女生在栏杆边，旁若无人地卿卿我我，葡萄牙语说得很大声。过了会儿，那男生很突然地朝我们这边用英语喊："你们懂葡萄牙语吗？"

"NO！"

"OK！"

然后……再无下文：他俩好像啥事都没发生似的，继续卿卿我我去了。

到黄昏六点半，圆肚子大叔过马路一样跳过铁路，朝我们跑来，扯着嗓子喊："Train！"抢过我们的箱子，拽着就走，同时手舞足蹈着指挥我们跟上。等把我们赶鸭子一样推上火车后，他还隔着车窗哗啦啦地微笑。车都开出去了，他老人家还在那里立定挥手，像面抖开的旗。

在火车上，邻座有位大叔，英语说得脆亮好听，英国腔，长得像《指环王》电影版里佩彭变老之后的样子。我正在偷猜：他是哪国人呢？大叔掏了个本子，里面有详细的、整齐的、用直尺画成表格的火车时刻表，精确到用不同字体和颜色标明每个站停多少时间。他一会儿又说要找东西，打开箱子，我们便望见箱中的细软，分门别类，分颜色放得方方正正，仿佛拼积木般好看。邻座的葡萄牙姑娘看得长吁短叹，惊叫连连，最后嚷："你好有组织性啊！"

我问大叔："您是德国人吧？"大叔点点头。

大叔比我们早下五站，临下车告诉我们："按照这个时间推算，你们到站时间应该是八点十六到十七分！旅途愉快！"到站时，我特意看了看：八点十六分看见站台，八点十七分停稳。

到拉各斯已是天黑，全然不识路，叫了个出租车。司机大爷壮硕威武，留一圈海明威式的胡子，开一辆厚墩墩的雪铁龙。

拉各斯是海滨度假城。市中心一片是步行街区，隔着马路就是防波堤。大叔开车到了市中心，停车，问我们要了iPad，下车，矫健地奔跑到咖啡店，向那里三五个慢悠悠喝咖啡吃甜品的老兄问路。问完了，连跑带蹦回来，让我们下车，自己把车一锁，车门一关。

"我带你们进去！"

绕了四个弯，走了二百余米，才走到酒店处。大叔很热心地告诉我们："你们的酒店，就在那里街角！要吃东西，这里外边！——这家不要吃，难吃得很，酒倒好。那家不错！鱼好！"我们连声感谢，大叔一挥手，蹦跶着跑走了。

第二天，我们预备乘坐中午十二点四十分的长途车，去萨格雷斯。早上九点多，去长途车站买票。大白天，镇上一个人都没有，大概因为是旅游淡季，人们都在睡觉。车站卖票的小伙子瞪圆双眼，满面天真："十二点四十发车，对对！一张票3.8欧，对对！可是，我们发车前10分钟才卖票！"

"我们可以提前买吗？"

"不可以，这是规定！"

看我们很失望，小伙子体贴地拍胸脯："我会给你们留两张的！一定！放心！"

下午，我们到了葡萄牙航海摇篮萨格雷斯租自行车，去看恩里克王子设立的葡萄牙第一个航海学校。悬崖上，一群胆大包天的大叔在绝壁垂钓，坐在山崖上，钓钩直落大西洋。恐高症到此会晕眩，他们倒八风不动。

这就是我到葡萄牙第一天的体验。

姑且只能说：葡萄牙南部的诸位乡亲父老，心肠挺热，但都没心没肺、没谱没溜的……大概是温度太高，心肺都"融化"了。南部葡萄牙人爱吃小甜糕点。有小糕点店，敢用葡萄牙语、英语、法语、西班牙语轮番写招牌——"当世最好的小糕饼店"，牛皮吹得甚大。买了一块吃，碎杏仁粒、果冻、可可上下交叠，满嘴都是碎甜的味道。

后来我才知道，葡萄牙的什么东西，都是这么甜浓。

跟萨格雷斯的旅馆老板聊天，他自吹葡萄牙有两个天涯海角。一个是西边的罗卡角，所谓欧洲最西端；另一个是西南的圣维森特角：那是葡萄牙的最西南，实际上，也是欧洲的最西南。一艘船在大西洋上沿葡萄牙海岸线而行，到圣维森特角一转弯向东，前面就是西班牙、直布罗陀海峡和地中海了。圣维森特角隔着一片湾，看得见葡萄牙第一个航海学校。到那里，看得见一片故城、一片石头垒的旧校舍、一些石头排布的世界地图——当然，那是15世纪末，欧洲人想象出来的世界。锈迹斑斑的铁炮在城墙上排开，此外最触目的，便是悬崖峭壁上垂钓大西洋的当地大叔们。

萨格雷斯人说，恩里克王子1460年故世于此。当时他和葡萄牙人相信，东方有黄金和香料，可恨被奥斯曼堵住去路。如何绕过非洲去那里带回胡椒，是大航海时代的终极梦想。

早年，阿拉伯商人很狡猾。他们卖肉桂给欧洲人时，编过一些神话。他们说：阿拉伯有种大鸟，从遥远的地方衔来肉桂树枝，在悬崖上筑巢；阿拉伯商人们遂将大块牛肉放在外头，大鸟见了眼馋，抓起牛肉，带回巢穴，但牛肉太重，把巢穴压塌，商人们就可以捡到肉桂枝了……总而言之，肉桂来之不易：必须有神话般的大鸟、聪慧绝伦的商人、硕大香甜的牛肉，才换来这神奇的香料。欧洲人信了，于是听任阿拉伯人漫天开价，然后老老实实，一秤黄金换一秤肉桂地贩卖。

自然有些不老实的欧洲人，比方说，瓦斯科·达·伽马。1497年他过了罗卡角，过了圣维森特角，一路往南，当时的文献记载道：

"吾一行人于1497年7月8日周六由雷斯蒂耶罗港起航，愿上帝保佑吾人此行当有善果。"

这次既满怀梦想又懵懂无知的远航进行到第六个月时，达·伽马终于绕过了非洲南端的好望角；第十个月，他们到达印度。1498年5月20日，他们对遇到的印度人说：

"我们来寻找基督徒和香料！"

四年之后，葡萄牙人成为欧洲的新香料暴发户，之前几乎垄断香料贸易的威尼斯人大感恐惧，觉得他们可能得变成鱼贩子了——当然，后来威尼斯人还是在玻璃制品和镜子上找到了销路，那是后话了……葡萄牙人在印度东南，发现了肉桂的源头斯里兰卡。他们大喜过望，跟斯里兰卡人订了协议，垄断了肉桂贸易。此举给葡萄牙带来无法计数的金币，但更美丽的事实是，欧洲人明白了：世界上没有大鸟，没有做诱饵的牛肉，但确实有聪明的商人和美味的肉桂——只要你足够勇敢地出发，绕过罗卡角，绕过圣维森特角，一路往未知的所在去探索。

后来，荷兰人和英国人先后夺走了斯里兰卡，后来，葡萄牙结束了短暂的世界之王的地位，开始大批量制造葡萄酒瓶塞，大航海时代成为迷梦一场。

至今，天气晴时，你到拉各斯堤边，就可以隔堤看见一片蓝。有一艘船，是1488年迪亚士过好望角时那艘卡德维尔型帆船的复制品，那承载着历史上他们的梦想。

去到葡萄牙首都里斯本，你会发现自己像置身于山坡之上，眼望整座城市，从高处插向海洋；你去里斯本的老城区溜达，就像走进山间峡谷。脚下随处有坡与台阶，高大古老的楼房像高山，中间是围棋棋盘般的街。你从住处出门，在建筑物的阴影下，看着橱窗里的酒、香料和手工模型，找到一家可以吃饭的所在，就像去登了一次山。除了十字路口视野宽阔些，楼宇连绵略无阙处，不见曦月。

想在里斯本老街区看见太阳，有许多法子。比如，爬

155

上山，去圣若热城堡，居高临下，看得见整个里斯本，蜂窝般密集的红顶白墙房屋、塔霍河，以及远方海洋泛出的阳光。里斯本人说这个城堡，12世纪时曾被拿来抵御摩尔人，1255年成为皇宫。一个冷笑话似的对比：如果你去到里斯本附近的罗卡角——那是欧洲最西端，你可以在火车上花半个下午，去那里看无边无际的大西洋，以及那块著名的石碑：AQUI…… ONDE A TERRA SE ACABA E O MAR COMECA……（陆终于此，海始于此）——当地人会推荐你去看看摩尔人的遗址。所谓遗址，和圣若热城堡略像：山间筑的一个袖珍长城，妖风阵阵，黑猫遍地，让人思考摩尔人爬上山来特意建此城，用意何在？嗯……据说是为了抵御葡萄牙人。

他们真就互相憎怕到如此，才有这么多遗址，来纪念彼此的仇恨？

里斯本老城有许多广场，比如罗西欧广场，比如贸易广场。出租车司机告诉我，历史上有两个里斯本：前一个在1755年著名的地震中毁伤惨重，后一个则在1755年的废墟上重建而起，而且比例匀整，像一座最地道的现代城市。里斯本的诸多广场，一如群山里出现的几个露天池塘，让人流得以沐浴阳光。当然，所见的不只是太阳，比如，商业广场之北是凯旋门，中间是著名的约瑟一世大铜像，而南望，就是塔霍河边。

指望再看见更远的海洋，你可以在商业广场坐上电车，一直去到贝伦区。午后，从中心城区坐电车，一路叮叮当当，大海——或者说，直通大海的塔霍河——在你左手边，被阳光耀得熠熠生辉。你会慢慢看见传说中的瓦斯科·达·伽马跨海大桥，看见贝伦塔，以及高耸的大航海纪念碑——那玩意儿做成一艘大船的模样，还雕有恩里克王子带着一批航海家，前呼后拥地登船。

在大航海纪念碑下，是整个世界海图，葡萄牙人很细心地记录他们每次探索世界的路线：他们如何越过好望角，如何越过印度，如何到达斯里兰卡……船从里斯本出发，绕过罗卡角，绕过圣维森特角，把整个欧洲甩在身后，一路往南，然后绕过非洲，然后去往东方，然后就是无垠的海平面……

就在贝伦塔斜对面，有一家葡式蛋挞店，据说1837年开始经营，购买队伍经常溢出门外。你买了配方拥有近两百年历史的葡式蛋挞，售货员大叔会和蔼地提醒你买杯咖啡。坐下吃，才知道咖啡用意何在——蛋不是油汪汪半凝着，而是凝固成型，口感甜润得有些騙；蛋挞底面硬而脆，而非其他地方那类起酥掉屑的松脆感；末了，每张桌面上都放着大瓶肉桂粉，是提醒你"加了肉桂吃"。

甜、脆、韧、浓，一口下去劲道十足，要从嘴里蹦出来；蛋挞店里卖的咖啡格外苦，与又活又腻的甜味，相得益彰。

蛋挞店里另卖些其他糕点，花样多，观其大略，比法国、瑞士、德国的糕点放了更多的水果凝冻、更多的巧克力、更多奶酪夹心——大概就是，无休止的软甜滑。

第一天的黄昏时节，我们打车去找饭吃。刚坐进去，听司机大叔在播柴可夫斯基的曲子。没来得及暗叹人家高雅，司机大叔已经问了："会葡萄牙语？英语？英语吧。好！好！"司机大叔驾车上路，口若悬河地开讲：先纵论了里斯本城史，再旁涉葡萄牙国史，然后自然而然，说及葡萄牙航海史，又捎带给我们普及了摩尔人和西班牙史。除了灌输葡萄牙文化课，他老人家还不忘沿路品鉴建筑风格，说兴奋了，双手放脱方向盘，手舞足蹈。听我言谈里露了几个法语词，立刻反应过来："那我们讲法语？"一问之下，原来老人家会英、法、葡、西、意五门语言。听说我们在找饭吃，就吹嘘：里斯本人吃鳕鱼的花样，可以365天不重复！最后实在逸兴遄飞，大叔索性关了计价器，驾车带我俩绕了圈里斯本斗牛场，边转边抒情叹赏："看这建筑，这圆顶！想不到西欧会有如此阿拉伯风格的建筑吧！"最后把我们放餐厅前时，老人家右手潇洒地打了个旋儿：

"欢迎来里斯本！"

吃饭。我们想试365天不重样的鳕鱼做法。指着菜单上某道鳕鱼菜，看是什么新花样。盘子端上来，满盘又黄又白，撒了一色绿末细碎成绺，远远看去，不知是什么东西。试吃了一口黄绺儿，口感酥脆；又吃了一口白绺儿，口感香糯。绿末带点菠菜味，但又像芥末。

好奇起来，请厨师来问，答说是土豆用金枪鱼酱煨过了，和鳕鱼用盐略腌，然后一起煎出来的，再撒芥末菠菜——说穿了就是土豆条煎鳕鱼，但花样独具，就瞒过了舌头。厨师还推荐道，配波尔图的卡伦甜酒，会好吃些。

问他鳕鱼真有365种做法吗，厨师笑笑说，夸张是夸张了点，不过嘛，上百种肯定是有的。厨师又问："要什么酒？我们这里有很好的波特酒（产自波尔图）。"

我们问："里斯本不产酒吗？"

厨师一脸"你们真弄不清状况"："波特酒比较好。"

到午夜，又饿了，又不敢再去刁难厨师看鳕鱼还有几万种做法，于是偷偷溜出去找小饭馆。里斯本虽然面海，但地势起伏颇大，不知道的还以为在重庆溜达。有些好饭店，藏在几百米高的小斜街上。找到一家家庭餐馆，老阿姨是唯一的厨师，白发苍苍的大伯在外招徕生意。大伯身材圆如皮球，下巴三层肉，血色旺盛，声如洪钟。老阿姨做了煎三文鱼和海鲜焖饭，三文鱼纯靠火候，海鲜焖饭却见功力：西班牙式的做法，加了藏红花和海鲜汁，将饭烩熟，妙在饭是先炒再烩，焖饭时另埋了牛肠，所以口感韧香。大叔建议别喝红酒，而喝萨格雷斯啤酒——萨格雷斯是欧洲最西南端的一角，然后比画着手势，英语夹葡萄牙语地劝我们："葡萄酒，还是去波尔图喝吧！"

问："里斯本不产酒吗？"

大伯做了个表情，聪明的人看了这表情，就不会再追问了。

大伯最后问我们吃得好不好。"好！"大伯得意了："当然好！不然，我为什么这么胖?！"

坐地铁。里斯本地铁列车奇短，经常一列车厢只占站台的1/3长。在某站，我看见一位大叔，挎手风琴，肩背小狗。大叔的手风琴倒罢了，小狗极贤良：嘴叼着零钱罐，不辞辛劳地蹲着，眼睛水汪汪地看着乘客，谁好意思不给？零钱罐满了，还懂得哗啦啦把钱倾到大叔的裕被里。

遇见这样的小玩意儿，除了傻瓜一样呵呵笑、傻瓜一样掏钱、傻瓜一样继续呵呵笑，实在没别的法子了。

我们从里斯本坐飞机出发，去了马德拉岛。这地方孤悬海外，颇有欧洲三亚、欧洲泰国的意思，大冬天都能穿拖鞋、衬衫溜达。岛上最有名的，就是出了著名球星克里斯蒂亚诺·罗纳尔多——C罗。去海边吃午饭。饭店老板甚有血性，听我说起里斯本人建议"还是去波尔图喝葡萄酒吧"，愤然不平，请我先试试马德拉葡萄酒：

"不比他们波尔图的差！"

马德拉天气热，葡萄颇甜，传统上多酿强化葡萄酒，因为加蒸馏酒强化过，故此酒精度数和甜度都高，还爱往里头加柑橘、百香果等。许多马德拉馆子都以两种菜压轴：一是当日鲜鱼，直接烤了，酥脆且嫩，是海外岛民的吃法；二是石板牛肉，把牛肉好生腌过，放石板上一烫，汁液横流，浓香扑鼻。立刻撤了石板，拿大蒜汁、腌橄榄、金枪鱼酱和黄油来，随意蘸吃。咬一口，肉汁鲜浓，再配甜度高的马德拉酒，满嘴里刀光剑影。

结账时，老板还不依不饶："您说，我们这酒好，还是波特酒好，嗯?!"

马德拉的植物园，能免费品酒。植物园酒吧的老板娘说："品酒得就巧克力，才有味道。"马德拉植物园有大批马赛克贴画，本地人吹嘘：彩色马赛克贴画，无过马德拉了。要下山，扬手叫司机。一位老伯伯开车过来，然后在马德拉的山岛悬崖边，给你表演飞檐走壁甩尾折返。顺便聊足球，三五句间，他就聊到克里斯蒂亚诺·罗纳尔多。

司机说，C罗少年时住在岛偏西的一个所在；他小时候很穷；他从小就是天才。我说："我也很欣赏葡萄牙其他的球员，诸如鲁伊·科斯塔，诸如路易斯·费戈，诸如德科，都可以和C罗媲美。"该司机固执而温和地说："对，他们很棒，但请恕我不能同意你的意见，C罗是最棒的……"司机们如数家珍地告诉你，C罗最初是为安多里尼亚队效力的。没听过？啊，那是马德拉本地的球队！以前，他们就在这里，就在丰沙尔海堤上跑过步来着！后来他去了里斯本，加入了里斯本竞技……后来他的踢法和过去大不一样……

当我试图联系新闻，说Ｃ罗跟当时他效力的球队皇家马德里关系现在很复杂时，司机总用不容置疑的口吻说："不是Ｃ罗的问题！马德里那里可复杂了，以前在曼彻斯特也是。足球！政治！真讨厌！Ｃ罗是个好孩子，是的，我们看着他长大的……"

我们想去马德拉著名的农贸市场，见识热带水果。出门到海滨大道，见一位出租车司机大叔，腆圆肚子亮大光头，车旁支一把椅子晒太阳。跟他说声去农贸市场，大叔懒洋洋地睁开眼，用别扭的英语说："农贸市场从这走过去也就200米，打车得绕山，反倒要10欧元，你们还是走着去吧！"

我们俩面面相觑，跟大叔说我们是游客，人生地不熟。大叔从椅子上支起身子，端端大肚子："走走，带你们去！"——走出200余米，一指前方一个五颜六色的建筑："就那里啦！旅途愉快！"——转身回去了。

——生意不做，却当上免费导游了，真有这样的出租车司机啊……

我们去波尔图，找预订的酒店，问街上一位胖大叔。胖大叔不懂英语，急得一脑门子汗，扬嗓子叫人，周围几个闲大叔立刻聚拢来，脑袋钻在一起，开始研究。你争我闹了半晌，才勉强定了个基调。大家散去，胖大叔就开始比画：走这条路，上坡，到前面那路口，左拐……谢罢他，起身而行，走出百来米，就听背后"唾唾"叫唤。回头看，大叔正健步追来，指手画脚："不对不对，走错啦！"然后几步蹿到头里，一扬手："你们，跟我来！"真离那地方只有十几米了，才放心："这可到了！这回可不许走错了!!"

我们在波尔图打车，跟司机师傅说去河岸旁的酒窖。司机师傅——不出意料，和所有葡萄牙出租车司机一样——又是个话痨："卡伦酒窖的玫瑰酒好，桑德曼酒窖的陈酒棒，如果要餐酒呢，就是另一回事了。哎呀呀，我是最以波特酒自豪的！波尔图土地很奇异，偏干，早年还有沙漠化倾向，所以呢，葡萄根扎得深，加上阳光和风，葡萄味道独具一格。里斯本，呸，他们那里卖的波特酒，全都是假的！跟我们这里卖的根本不是一回事！……"一路上，司机师傅就如此这般吹嘘波特酒，顺便摇头晃脑，把里斯本里外损了个遍，车也开得威风八面、左摇右摆。我们俩在后座紧张起来，小心翼翼地问："师傅，您一般都什么时候喝酒啊？"司机师傅一摇头："放心！我白天不喝酒！就是馋酒，所以说说这个，过过瘾哪！"

波尔图许多酒窖都兼营饭店，连喝带吃都供了。到波尔图饮酒吃饭时，拿马德拉的段子跟厨师说，厨师笑不可抑。波尔图的厨师都是半本葡萄酒百科全集，又善以红酒入馔。适合搭配波特酒的，是红酒烩猪肉：先将猪肉用少量橄榄油加盐略煎，表面焦了，再加酒、胡椒粉、鹰嘴豆、罗勒慢炖，一头猪的肉硬生生被酒煨到酥烂通透，只剩表面那点焦脆的口感还带点猪皮味儿，真是入口即化。

看我们吃得欢，厨师也特地出来致意，话里话外，不忘自吹自擂几句，顺便把里斯本损了一通："嗨，里斯本人可不怎么懂酒和饮食！"

从波尔图回来之后，我们又在里斯本待了一天。那一天没什么地方好去，只好又去贝伦区的海边。在那里，像把整个里斯本背在身后，面对海岸以及远方的大海。

你很难概括出里斯本是什么，你只能说它不是什么。它不只是一座山城，不只是一座海城，不只是个首都。它有些地方明亮到令人眩晕 有些地方见不到太阳，在晴天，街道像斑马一样，你随时在一片片明暗里行走。你到处可以听见大航海时代的典故传说，但那属于之前的里斯本——那个1755年就被地震毁掉的里斯本。

在贝伦塔的对面，面朝大海的是著名的圣哲罗姆派修道院。在一楼的庭院里，是费尔南多·佩索阿的碑。碑上写的，不是他最有名的那句"写下即是永恒"，而是写于1933年2月14日的一首诗：

> 要变得伟大，变得完整：不可夸大
> 或遗弃你任何的部分。
> 完成每一件事情。把你所是的一切

放进你最小的行动里。

每一条湖泊中，那完满的月亮也是如此，

带着它轻柔的生命，闪耀着。

葡萄牙人可以说里斯本伟大、完整，但很难不去夸大或遗弃它的某个部分：它给人幻觉，让人情绪变化不定，而且随时随地闪耀着。你很难说里斯本是什么，它就是它本身：带着它轻柔的生命，闪耀着。

我关于里斯本的梦想，跟这座城市本身无关。那来自我小时候看到的无数资料：这座城市的文字描述、那些航海家的历史记录、几百年前那个英雄、多梦又愚昧的时代的图文记载，加上小时候那个游戏里的粗糙像素，混糅而成的东西。

最后那天黄昏，在里斯本的海边，我掏出PSP，用模拟器玩了会儿《大航海时代》，玩了会儿《大航海时代2》，玩了会儿《大航海时代4》。其实也就是船启里斯本，过罗卡角和圣维森特角溜达了一圈。

我明白，除了"大航海时代"系列的玩家，其他人一定会想：真还有笨蛋万里迢迢，从亚欧大陆东端到亚欧大陆最西端，找到海边坐着，就是为了玩小时候玩的一个游戏啊！

我有过许多梦想。有的实现了，有的没有。大多数梦想实现的瞬间，就像咬破了一瓣橘子，能尝到橘子汁，很甜，但之后也并没有羽化成仙。如果说有什么经验，大概无非如此：

我设定大多数梦想时，都会想："只要实现了，一切就完美了！再没有什么可烦恼的了！"但实现之后，日子依然会继续。一劳永逸的大梦，实际上并不存在。

以及，我萌生梦想的年纪越小，那个梦想似乎就越简单。比如，我清楚地记得，小学一年级时，我混在一群孩子里，争着举手跟老师说："我要做科学家！"虽然我们那时候对科学家的概念，也就是科幻片里那些随手发明出无敌机器人的博士们。

人是这样一种动物：一方面，为了维护已付出的努力，会无限神化自己的梦想。因为唯有其神圣和独一无二，才能鼓励人以殉道般的精神为之奋斗。另一方面，又格外自省，很容易用一种觉今是而昨非的角度，去批判自己的理想。比如，我当初想当科学家的同学们，现在一个都没当成科学家。许多人会在长大期间，换几个梦想，更成熟、更练达，听起来更堂皇，而不是"要当科学家""要当航海家"这样近乎天真的梦想。

很多年前，我梦想去一个实际上从未谋面、只在游戏里见识过的城市的海边。后来许多年，多少次我觉得这个梦想愚不可耐、蠢笨无比、毫无意义。但慢慢地，等我把许多梦想思考过、扔掉过又捡回来之后，才大概想明白。

大多数时候，制约梦想实现的不是外界，而是"这么做到底值不值得，这个梦想到底笨不笨"的利弊权衡。于是人长大了，总会选择一些更聪明的梦想，抛弃一些看上去旧的、笨的、天真的梦想。

但以整个世界的视角来看，个人的梦想总是脆弱又渺小，所谓梦想带有的灿烂光芒，都来自我们自身的幻想。

于是站远了看，一切梦想其实都很天真，不分彼此。

就像大航海时代，曾经承载了多少葡萄牙航海家梦想、意味着不朽财富的肉桂粉，如今也就是吃蛋挞喝咖啡时撒上调一点味的普通香料而已。

人的梦想可以繁多、贪婪而且愚昧，可以庞大到让人一生沉溺其中，全然不顾现实。每个人或多或少都生活在自己想象出的幻觉之中，而梦想只是比其他幻觉更美丽动人一些，反正都一样笨。

世界和海洋非常宽广，宽广到会让你明白，一切梦想到头来都很笨拙；宽广到让你明白，梦想并不会因为脆弱、渺小与笨，就失去其兑现的价值。

最后，等你哪一天重新想起荒诞、远大、甜蜜、愚昧、可笑、灿烂的梦想，等你相信某个梦想再怎么笨拙都值得兑现，那就是了。

世界和大海宽广无边，总会在那里等着你去看，怎么都不晚。

罗马，佛罗伦萨，威尼斯

以前有英国学者揶揄，说罗马人之所以能承希腊人之后，统治地中海，是因为地理环境相似：都是半岛，都在地中海，都多山峦——意大利还多了个特点：地震频繁。

希腊以前之所以城邦林立，是因为山形庞杂，分割了地方。所以别看《伊利亚特》里说得热闹——百来位国王随阿加门农去打特洛伊，其实希腊隔座山就是个城邦，古杀腊的一个国王搁现代也就是个村长。

意大利中北部也是山势凌乱，盯地图找城市，能把人眼看瞎了，所以交通手段也繁杂多样。海明威写过，他以前在意大利打仗时，满载伤员的汽车从山区公路驶下，山势陡峭，司机得踩住刹车，直到刹车磨坏，便挂倒挡。就这么不容易。

利古里亚海一带，许多地方山海相接。所谓市，大多像镇或村。镇与镇之间，靠邮政巴士连接。比如您从拉斯佩齐亚去利奥马特雷——都是弹丸之地，十分钟镇里走个来回——坐邮政巴士，司机会请您坐好，然后表演悬崖山道上的飘移。海边诸村则更夸张：利奥马特雷和马纳多纳两个村之间，或者走沿海山道（可以一路看见晴天时泛绿、黄昏时泛深蓝的大海），或者等上半小时，坐上小火车，然后两分钟就到下一个镇子。

卖烤鱼的师傅都开玩笑：光是做游客等车期间吃的烤鱼的生意，就能养活半个意大利了。

英语里的名诗句："The glory is Greece! The Grandness is Rome!"——荣耀即希腊！宏伟即罗马！概括得极当。以欧洲标准而言，罗马确实宏伟，当年帝国时期，派税吏到各省收租——顺便说句，罗马派税吏曾经用过承包制，跟拍卖会似的，甲说"今年保证交税十万"，乙说"今年保证交税十五万"，好，就派乙去外省当总督收税——让罗马城居民极尽声色犬马。

为了显帝国威仪，一切公共场所，务必造得雄伟。斗兽场过于有名，无须细表，罗马诸皇帝的花园遗址的断壁残垣，也让人深感罗马帝国真是把自己当巨人国来规划了。文艺复兴前后，又是三步一个教堂、五步一个广场。

罗马共和国到帝国时期差不多是公元前6世纪到公元5世

纪，恺撒们忙着东征西讨。真正建城的，是公元1世纪的几位大王。比如，图密善皇帝建了著名的罗马斗兽场。

您如今从斗兽场出门，沿满街卖三明治的小摊长龙走，还看得见旧罗马的宫廷花园。虽已凋敝，但骨架仍在：巍峨高大，遮天蔽日。那是旧罗马的套路：虽然缺点儿精细，但气象雄浑，尽是帝都气派。

当然那是古代标准了：罗马帝国巅峰期，罗马城曾养着60万人口，而周边不过13平方公里。

比如您住在公元1世纪的罗马，生活很容易乱七八糟。有许多年，罗马城自由发展着，没有城市规划，房子随需随建，密密匝匝，车马猪牛满街跑，虽然有著名的罗马浴场、斗兽场等宏伟建筑，但大半是留给君王贵族的，平民生活还是很逼仄。实际上，罗马狭小到，你可以一个小时内靠脚穿过全城，行有余力。所以恺撒遗嘱里留给居民一些河旁走道和公共花园，获得了人民的大拥护：活动场所太少啦。公元2世纪时甚至有个指令：马车只准晚上行驶，不然白天的罗马街上真是不能走人了！

罗马再度兴盛，是文艺复兴后的事了。那时节，西罗马帝国亡了1000余年，罗马也被蛮族占了又弃，烧了又抢，来回踩了七八圈儿。那时节的教皇，催着拉斐尔给他们做壁画（拉斐尔37岁就过世了，和大工作量不能说没关系），催着米开朗琪罗给他们做天顶画《创世纪》（米开朗琪罗独自承当西斯廷教堂39米长、14米宽的天顶画大工程四年之久），催着布拉曼特和贝尔尼尼规划罗马城，以便让这座基督教的首都，成为世界上最美丽的城市。17世纪，罗马已成艺术之都。法国古典主义画派开山祖师普桑先生，一到罗马就不肯挪地方，被法国红衣主教硬逼回巴黎工作了一段时间后，又悄然逃回了罗马。那时的罗马，就这么勾引着全世界的艺术家。当然，还有贝尔尼尼这种不世出的雕塑大师，为罗马留下无数金碧辉煌、生动的雕塑。

所以今日之罗马古迹，像是两个时代的综合：帝国时期的庞大骨架，文艺复兴前后的华彩装饰。各类喷泉、纪念碑、教堂和广场，新旧相映。

在罗马，交通有点烦人。地方大，障碍多，密密匝匝，让初来者头大。罗马地铁的意大利扒手历史悠久，我住的旅馆老板开玩笑说，以小偷手法之妙，一个姑娘坐地铁，还茫无所觉呢，人家已经把你从护照到手机到化妆盒都看了个遍，比你男朋友还了解你。公交车尚算准时，开得也稳，但路线规划得妖异。比如您从国家大道坐某路车到梵蒂冈，当坐反方向回来时，却发现足足要绕出三条街、过一座桥，才找得到同样一路车。

《罗马假日》里，格里高利·派克为什么骑自行车载奥黛丽·赫本玩罗马呢？大概因为他们俩一坐公车，要么遭窃，要么就迷路吧。罗马人有理由：他们建城之时，2000年前，天晓得世上会有汽车；他们大肆建立教堂、垒起雕塑时，压根儿料不到世上会有地铁。罗马就是一整座历史遗迹、一个活的博物馆，任何一块喷泉的石头都可能价值连城，所以人生活在这里，只能老老实实地多绕绕路。

佛罗伦萨和罗马，是两个极端。佛罗伦萨建城极早，老城区是18世纪之前的思路：房高，路窄，走路如行山谷，不像罗马空旷宏大。在佛罗伦萨，凡有宽阔见得了阳光处，便是广场和教堂。500年前，佛罗伦萨美术史家瓦萨里就直言过：佛罗伦萨会有广场，并非上头想让市民休养生息，纯粹是为了大兴土木，以造大建筑。

所以在佛罗伦萨，公交系统指望不上。除了两条腿走，就是打出租车。实际上，出租车在老城区也是举步艰难：一是着实难打，二是打上了您也未必如意，处处都是胡同，行车拖拖拉拉、慢慢腾腾，司机也不敢加速。有时您侧首一看，都看得见要去的所在了，但司机摇头，或者是路太窄（毕竟人家设计城区时，还没汽车这玩意儿呢），或者那地方是什么古迹所在，不能走；最要命的是，佛罗伦萨三五天就是个小庆典，堵街塞巷，外围还有一群看热闹不怕事大的游客。因此，在佛罗伦萨，最方便的依然是走路。穿街过巷，比起胡同里步步爬的出租车，怕还快些。

佛罗伦萨地名里，带"宫"字的地方较多。旧宫、皮蒂宫、美第奇宫，说来是各家贵族的私邸，只是造得宏伟，寻常欧洲王族也不能比肩。

早在 14 世纪时，佛罗伦萨净是技工、商人、银行家、工业家。签订契约，托管财产。里克巴尔多 - 达 - 费拉拉先生曾怀念道：1300 年左右，佛罗伦萨的风俗和习惯还很粗犷朴实。夫妻一个盘子里吃饭，一家中只有一两件饮器，喝水喝酒，都使这个；油灯或蜡烛不常见；婚礼上的女人穿件麻布紧身衣就过去了。男人的荣耀是拥有兵器和马匹。

然后，到 15 世纪了，佛罗伦萨人有钱了，理念也变了。波吉奥·布拉乔利尼如是说：

"追求利益当然不应该受到谴责……怜悯与博爱的美德，建筑在致力于人类事业的人们的勤劳努力……对一个只能维持本人生活的人而言，他如何慷慨？一切辉煌和精美的东西，离开利益的追求，都将不复存在。"

帕尔米埃里先生的理论更简单："财富和诚实是可以并存的。我们需要精于计算、懂得法律地去追求利益。然后获得优异、荣誉和声望。"

当时的大富翁乔万尼·鲁切拉伊道："我认为，我通过花钱，完成建筑，获得了荣耀和灵魂的满足。"

佛罗伦萨人靠精明算计挣够了钱，然后开始请艺术家修大建筑了。

比如传奇的圣母百花大教堂：那是当年画圣乔托主持建筑，大建筑宗师布鲁内莱斯基设计了块垒鲜明的大理石外壁、百花斑斓形式圆整的穹顶，以及 87 米高的钟楼，自己也埋骨于斯。当时这教堂从筹划到建筑完成，拖拉了三五代人，最后穹顶得以完盖，更被认为是奇迹。因为那会儿，周遭城邦都在大搞建设，争奇斗艳。佛罗伦萨耐不住寂寞了：得建个亚平宁半岛第一的大东西，不只镇服周围的土包子，得让罗马人看了，都妒恨交加——结果他们确实做到了。教堂正对面的受洗堂，有吉尔佩蒂手制的浮雕铜门，雕琢华贵粲然，米开朗琪罗当年认为"拿来做天堂之门，怕都配得上"。

如今我们说文艺复兴时的审美风格，是重构图端正、几何线条明丽匀称，遥接着古希腊对雕塑和建筑的爱好。这品味，实际上是佛罗伦萨人奠定的。这地方本身附近多山，城市就是在阿尔诺河两岸的山间辗转腾挪出来的一片地方，采石相对容易，所以雕塑和建筑实在是城市传统艺术灵魂。米开朗琪罗的雕塑，与佛罗伦萨方便采石很有关系。

那时，佛罗伦萨有机会接触希腊和罗马艺术，对古典艺术血肉贯通的风格大为倾倒，厌恨中世纪呆板僵死的套路，所以尤其爱重肌肉健美又清澈明晰的雕塑风骨。米开朗琪罗少时，先给名画家吉兰达约做学徒，做完一年，吉兰达约对这徒弟的才华且惊且羡，米开朗琪罗自己却已经厌恨作画，"我需要一点更有英雄气息的艺术"。

在米开朗琪罗之前的大宗匠里，多纳太罗是雕塑大师，马萨乔以绘画著称，但只玩大幅祭坛画和贵族家壁画。至今佛罗伦萨所自豪的，依然是雕塑：切里尼、吉安博洛尼、米开朗琪罗、多纳太罗。当然，雕塑的需求量也大：大到宗教传奇，小到佛罗伦萨人跟比萨人打了场芝麻绿豆小仗赢了，都要以此为题材，做个雕塑出来——筋肉虬结，蔚为壮观。

说到底，还是有需求，所以才养育了艺术家。

当然，绘画也有奇才在：大宗师波提切利的《维纳斯的诞生》和《春》，都还在乌菲兹美术馆搁着。《维纳斯的诞生》本身之美不提，另有个与佛罗伦萨息息相关的传奇：当年佛罗伦萨第一美人西蒙内塔，嫁给了马科 - 韦斯普奇，其艳名震动佛罗伦萨贵族圈。1475年，西蒙内塔时年21岁，波提切利被要求以她为原型，画了幅雅典娜。次年西蒙内塔过世，佛罗伦萨全城痛感美人已逝不可追，上千人步行为她送葬。西蒙内塔逝世九年后，波提切利画出传世神作《维纳斯的诞生》，当时的佛罗伦萨诸公一见画中维纳斯，纷纷惊叹："呀，西蒙内塔！"——所以到现在，我们都还能大概分辨，佛罗伦萨史上第一美人的模样。

佛罗伦萨老市政厅广场，一边摆着《大卫》的复制品，一边喷水池摆着阿波罗驾四马像。再加上一边的柯希莫骑马像和另一边的古罗马神话雕塑群，满目飞腾。如今在佛罗伦萨学院美术馆里摆着的，米开朗琪罗旷古绝今的伟大作品《大卫》，其实也曾在佛罗伦萨露天摆了三百多年，这就是佛罗伦萨人的爱好了：

先是美第奇这些贵族，为了显阔气，在豪宅与教堂附近拓出广场，摆放雕塑；久而久之，凡广场必摆雕塑，遂成佛罗伦萨惯例，反而给了雕塑家们饭吃。最后，大家都习惯了，于是成了艺术之城。

多半是因为每天抬头低头都看得见神话英雄的雄伟身段与美丽肌肉，所以佛罗伦萨人好热闹，举手投足都豪迈，简直是热情过度。市政厅每逢大小节庆，让一群仪仗队一路踏步舞旗，全城巡游，走一段就停下来上下舞旗，最后走江湖卖把式似的把旗脱手扔上半空，再集体接住。围观者大惊小怪、齐声哗啦啦叫好——在这里待久了，人都会学得心思单纯、爱笑爱闹。

从市政广场过去一条街，据说是佛罗伦萨的三明治中心，满街都是肉香。任何一家店，都是篮球大的牛肉、汽车轮胎般的火腿、椅子大小的色拉米熏肠，悬挂空中，映得老板满脸油光。最有名的一家三明治店，歪斜四把椅子，意大利大汉们一色站在长案边，捧着烤酥面包与内夹多汁熏肉、茄子、橄榄、乳酪酱汁的三明治，喝酒桶里咣当当砸出的红酒，大快朵颐。

佛罗伦萨最好的一家饭店，卖一公斤一份的大牛肉，外面抹盐，烤得酥脆；内里软嫩，一咬，肉汁流溢，五花三重，肥瘦相间，越嚼越香。大瓶红酒尽情喝，不另收钱。晚餐时，真有女孩子一边啃牛肉喝红酒，一边抬头看窗外绚烂烟花欢笑的。大块吃牛肉，大杯喝红酒，大惊小怪，大笑大闹，每日看的都是参天大建筑和大雕塑，豪壮瑰丽汇于一体，毫无尴尬，这大概就是佛罗伦萨的地气了。

您若在夏天去威尼斯，便可见水色分沉绿与幽蓝。通常电影里拍威尼斯的河道，为了制造浪漫感，色彩总略微暖柔——到了夏天，实际没有那么温柔。

名动天下的大运河，其实并非萦绕全威尼斯；只是在威尼斯主岛之西，像弯刀划入心脏，呈反S形，嵌在两岸民居之间，诸桥如带，横束其上。运河里被房屋投影处，都是深暗的沉绿色，偶尔一两片水映见天空淡蓝，算作点缀。主岛正中偏右，爵爷故居与教会建筑选址的圣马可区，依陆面海，大水横绝，海水无遮无拦，被亚德里亚海的阳光铺映着：那一片海水尽是幽蓝之色，越近黄昏，其色越深。到日落时，海水蓝得像要吸收星辰，让你觉得喝一口，身体都会凉透。

威尼斯又不止绿蓝两色。500年前威尼斯画派与罗马、佛罗伦萨，鼎足而三，罗马的构型素描、佛罗伦萨的建筑雕塑和威尼斯的着色，各擅胜场。巴洛克大宗师鲁本斯本是佛兰德斯人，那地方盛产小幅肖像、静物油画，偏他能画一手雄浑宏丽、浓艳丰腴的巨画，就因为他年少时，到威尼斯来取过经。法国印象派开现代艺术之先河，全在色彩光影上做功夫，开山祖师之一马奈学本事，既学威尼斯画派，也学日本浮世绘。威尼斯人在南欧海边，阳光热辣，功夫全花在娱乐眼目上。岛西的平民区，临河房屋，或者是草莓般红，或

者是熟奶油般黄。与沉绿水色、蔚蓝天空一凑合，五彩斑斓的，好看。

圣马可区，一整片岸上的人都望得见南边珠黛岛、钟楼雪白、教堂殷红，还有拜占庭式的圆顶，加上幽蓝水色。可是到圣马可方场，除了一座高耸入云的红瓦钟楼，余下两边圣马可教堂，又是一片雪白。

威尼斯之所以发达，是因为大航海时代、欧洲人发现绕好望角和西去新大陆两条路线之前，威尼斯是欧洲航运之中心，亚得里亚海的"女王"。因为富裕，因为天高皇帝远，罗马教皇也喝令不动他们，因为纬度靠南又有水汽，所以目见耳闻，色彩味道，都与欧洲别处不同。

1510年，威尼斯画派名家乔尔乔内做了《沉睡的维纳斯》，是为欧洲史上第一幅有名的正面全裸女体画；他的师弟、同样师出乔万尼－贝里尼门下的大宗师提香，帮着补完了此画的天空与景物部分，顺便化用了此裸女造型，二十八年后，融进了自己《乌尔比诺的维纳斯》里，用来应付乌尔比诺爵爷的委托约稿。到16世纪末，威尼斯人重修公爵宫，请了一大堆诸如韦罗内塞、丁托列托等聚众作画。简单说吧，那时节，威尼斯公爵宫把门一关，里面做壁画的大爷们挨个报名，凑起来就是一部美术史必背名录。

因为地处东方世界和西方世界的焦点，所以许多事物从阿拉伯世界过渡到基督教世界，都是在威尼斯。比如，西欧第一个咖啡馆，是17世纪初在威尼斯设立的；巴黎则要到1672年才在新桥（Pont Neuf）建起自己的咖啡馆。实际上，后来法国的路易十四在凡尔赛搞镜厅，也是用从威尼斯学到的镜子技术。

威尼斯人的面具，本来是狂欢节专用。有皮的，有铜的，有金丝直接镂成的。威尼斯人皮件加工、金银镶嵌是看家本事，自不待言。在罗马广场附近散步，橱窗里玻璃樽与面具交相辉映，金银红黑，紫白蓝绿，微笑愁苦，随阳光幻化不定，像许多夜晚灯红酒绿的舞会，在大街上飘荡浮演似的。

威尼斯终究是水城，你在河上看隔岸一处近在咫尺，找桥穿巷，柳暗花明，可能要走两个小时，所以大家还是习惯坐公共汽船。船乳白色，不算快，但威尼斯太小，总也来得及。冈多拉船依然有，只是坐着的都不为赶路，而是慢悠悠地，"哗啦哗啦"游荡。船如黑色新月，铺陈水上；船座也如威尼斯面具，金碧辉煌，男女情侣一坐，扮一会儿罗密欧与朱丽叶。船夫在船尾撑篙，站得笔直。冈多拉主要在岛西大运河出没，慢悠悠晃荡；若是到了圣马可区，就在一大片水里横着，可以让你举目四望。黄昏时节，船上金饰融于夕阳光影之中，周围静下来，天色幽蓝，水声都蓝沉沉的；只有圣马可方场那里，琴歌之声远远送来。

圣马可区堤岸上，常见绿漆灯旁，黑鸽子、白海鸥，间杂而立。海鸥鸣声锐利，飞起来好看，电影里看来，鸽子妖媚多姿；但现实比较冷酷：威尼斯的鸽子和海鸥们，脾气并不好。你在堤岸上随意撒些燕麦，海鸥双翼剪风，滑翔而落，第一件事就是连踹带啄，赶开了鸽子，自己吃个饱，再得意扬扬飞走；鸽子们满怀委屈，扎堆一起抢燕麦吃。所以乍看去黑白交集，好看得很，实际上还是弱肉强食——当然啦，与中、北欧天鹅凶暴、时常凌虐野鸭是一个道理：天鹅、海鸥这些看去雍容华贵的鸟类，骨子里可都骄横跋扈得很。

德国大师托马斯·曼写过一部小说，叫《死于威尼斯》，讲述一个老去的小说家如何在威尼斯见到美少年，终死于此；1971年的电影《魂断威尼斯》改了些细节，比如，让主角从小说家变了音乐家，每逢要奏他的曲子时，就播马勒的曲子。然而实话实说，这电影里终究还是有威尼斯气象：作曲家奥森巴赫来到威尼斯，在圣马可区望远处水面，不断到海滩边看休假的人群，看远处的亚得里亚海，精神上经历了一种全然不同的境界……实际上，在这里，威尼斯成了个象征：爱情、轻逸、透明、梦幻、美丽、漂浮在水上的，不确实的所在；一个如梦似幻、连死亡都不那么可怕的——时间停止之地。

瑞士干酪锅

圣诞节我去阿尔卑斯山，先到了山脚阿纳西湖旁的阿纳西城。那城以湖闻名，投山映云，长堤林木，面湖开着圣诞集市，卖两样当地产品：热红酒，山羊酪土豆。红酒里配自制姜糖，甜里微辛，味道浓郁，喝着暖和。山羊酪土豆不另加调料，全仗着山羊酪和自家腌的火腿片提供咸味，所以味道鲜浓隽永，吃得全身暖融融的。

问红脸胖肚、简直是自家食品活广告的老师傅：怎么做呢？老师傅颇自豪，开始吹腾：

"教了也没法学——都是我们自己的奶酪好！"

阿纳西湖旁，有一个号称当地最贵的小酒馆——当然，这么个半小时能走一来回的小城，贵也贵不到哪儿去——店里推荐一个拿手菜，是干酪炖牛肉。我听了好奇，问是瑞士奶酪火锅fondue吗，老板答曰非也，是阿纳西的风味，和山那边的大不同。

叫上桌来一看，是个铁片薄锅，小火炖着，干酪已融化，滋滋冒泡；牛肉置于其上，刚被炖到变色。

服务生端来面包片，像化学课老师指导学生做实验似的指点："尽早吃好，不要等炖老了……"

我自己吃牛肉，喜欢炖酥烂了下酒，或是卤得了白切，干爽搭嘴。阿纳西人炖牛肉，格外重视其"肉汁"，最怕是烧干了、煮老了、肉汁都没了。

这道菜的好处：牛肉略一断生，酪汁随风潜入夜地渗透，牛肉的肌理里鼓囊囊柔润润，都是酪汁和牛肉勾兑的鲜味。又一块吃了，满嘴是汁。平心而论，褐牛肉搭配略泛灰绿的干酪，乍看有点怪，但味道鲜活，难以复制。又完牛肉，看着剩下的干酪融汁，还是不舍，再拿老板给的干面包蘸着吃。服务生飘忽闪现，温柔劝慰：

"先加柠檬汁……"

"为什么呢？"

"嗯，因为这个酪不适合单吃……"

我不信，拿面包卷些干酪一吃，一股奇怪的味道由鼻腔直冲脑门，揭开脑壳，轰轰往外喷气。

服务生微笑着看我，又劝："还是加柠檬汁吧……"

后来人家这么解释：干酪也分许多种，味道各不相同；

这种干酪是本店原产特制，专门用来勾兑牛肉的……不不，这还不是瑞士火锅……客官你们是要去滑雪吗？嗯，去了瑞士，你们会吃到瑞士火锅的……

坐窄轨列车一路攀爬，穿过雪原，到阿尔卑斯山上、勃朗峰脚下的霞慕尼镇。小镇颇有圣诞气氛，平安夜当日小酒店都推圣诞特餐。在一家木结构小酒店地下一层里坐下，不理会推荐的各类菜单，一门心思嚷嚷：要瑞士干酪锅fondue。

老板问："要传统的还是霞慕尼特产的？"

"嗯，传统的如何？"

老板说："传统的fondue，就是一个干酪锅，加点面包——没了。霞慕尼特产的，会配高山特产的土豆与火腿。"

火腿配干酪，又与干酪炖牛肉不同。牛肉鲜浓多汁，忌太熟，不能煮老了；火腿是山上腌得的，坚韧鲜咸，片好了，色如玫瑰花瓣。用二尖叉叉上，在干酪锅里略一卷，干酪汁挂肉，入口来吃，满口香浓。火腿精坚韧，干酪浓香软，搭在一起，天作之合。酥脆的干面包配干酪，也不错。

土豆配干酪吃，就略逊色一点儿了，填个饱而已。吃两口若是觉得腻，配一点略甜的白葡萄酒就好。

吃到餐尾，火腿、面包、土豆皆尽，锅里还有层干酪留着。灭了火，干酪慢慢凝结起来。叉起来，用餐刀切了块，吃一口，其味咸香，一半是奶酪本身的咸味，一半是火腿香。

最后一天，去瑞士山上的厄冯纳斯住，一路盘山公路，望出去仙山云霭。

山上除了滑雪客，就是泡温泉的。问老板有什么吃的，答：传统的瑞士干酪火锅——只有传统版，即面包＋干酪了，因为交通太不方便，火腿供应不那么足。

传统瑞士干酪锅叫fondue，其实是地道的法语，取"融化"（fondre）这词的变位。这词很是传神，的确，瑞士干酪锅就是融软化黏。当然，最传统的瑞士干酪锅，没有火腿之类，纯粹是干酪而已。

说直白些：干酪锅完全是在地势和气候下，被迫成了瑞士国菜。

中世纪很长时间，瑞士雇佣兵在欧洲声名赫赫，但不净是好名声。积极的方面是，瑞士雇佣兵，尤其是长矛方阵，是欧洲最好的军队之一。他们多是瑞士山民，精干强壮，勤奋耐久，极有职业素养，打起仗来，可以把纨绔子弟、地主、骑士打个落花流水。消极的方面是，他们过于职业，六亲不认。你跟他们描述战争意义如何伟大，瑞士人是不听的。只要你给不出钱来，无法履约，他们可以一夜之间跟敌方签约，为敌方服务，而且毫无心理压力。战争在瑞士人看来，就是谋生技术和生意。没法子，当时除了打仗，也只能干这个——瑞士有太多的山了。

瑞士的马蒂尼，是个你下了火车走20分钟就能遍览全境的市镇。镇上最有趣的所在：一是镇西山上某梭堡，当地人吹嘘是达·芬奇设计的；一是山脚下一个古罗马竞技场遗址——当然远不如罗马斗兽场宏伟。竞技场旁，是镇上的招牌建筑：圣伯纳犬博物馆。

对爱狗之人，尤其是爱狗的女孩儿来说，圣伯纳犬可爱至极：体形硕大，毛茸茸，大脑袋，两眼下垂好像在装可怜，嘴耷拉着，像喜剧演员。但在瑞士，它们的意义不只是宠物。圣伯纳犬祖上是阿尔卑斯獒犬，瑞士人驯养它们，主要是供山地使用。瑞士多山，以前运输、行走极不便。传闻汉尼拔过雪山去跟罗马人打布匿战争，就是在马蒂尼迷了路。实际上，马蒂尼最有名的故事是这样的：某虔诚的基督徒，打算独自翻山去朝圣，理所当然地被人劝阻别去，坚持要行，然后和一切电影剧情里一样，晕倒在雪地里……等他醒来时，发现自己正被毛茸茸的圣伯纳犬蹭脸，救护人员正从圣伯纳犬脖子上挂的酒桶里往外倒酒，给他恢复体力，最后自然是皆大欢喜……这个故事的结论其实可以这么概括：

瑞士人也不是凭空养圣伯纳犬的，为了对付雪山，以及那些执意要去雪山里折腾最后倒地的人，他们需要圣伯纳犬颈挂酒桶来扶危解难。没法子——瑞士有太多山了。

阿尔卑斯山脉过于宏大，而且山势多变。在厄冯纳斯，司机大叔在皑皑白雪中舞动方向盘，把车一路甩尾，开上盘山公路，口中不断念叨：瑞士有太多山了。对旅游者来说，这意味着滑雪、温泉、浴场和美丽景色。但对瑞士人来说，山区意味着：嘿，我们都不太想住那儿……实际上，在瑞士的厄冯纳斯与霞慕尼这些阿尔卑斯山区市镇，外来人口和本地人口足以分庭抗礼。

要区别起来，极是容易：瑞士本地人经营餐厅、旅馆、温泉浴场和车站，而外地人穿滑雪服、戴滑雪镜、穿滑雪靴、背滑雪板，一步一拖拉地走着。

除了随时随地愿意谈论与感叹山之外，瑞士人的其他趣味在于：

他们并不像我想象中那样，人手一打劳力士向你推销。但他们在别的方面颇为自豪。比如，在勃朗峰下的霞慕尼镇，他们会发自内心地赞美瑞士产的滑雪板质地，比五湖四海的游客自己带来的更好；比如，他们会很坦率地说哪里都找不到比瑞士更好的木刻、乐器、眼镜和瑞士军刀。瑞士人对设计——无论是工业、室内布置还是平面绘图——都有种出神入化的兴趣。这种感觉难以言喻，只好这么说：哪怕是雪中的山居民宅，都像是漂亮的巧克力包装盒。

在厄冯纳斯的山道上，散布着公共车站，专门在皑皑大雪之中，载客人下山、上山、去滑雪、去浴场。你在车站等，班次的及时真能达到以下境界：饭店里刚敲了钟，车就从路口现身而来。在瑞士的山道上行车要把握时间，并不容易：其一，满山是雪；其二，山道紧窄，时间安排略差一分钟，就会两车争道。我有时也奇怪，但看这些准时如钟表的司机大叔，似乎并没有一派机械模样：哼着小曲，熟练地在悬崖峭壁间飞檐走壁地开车，准点到站，一路喃喃："瑞士山太多了……"

大概就是这样吧！瑞士有太多山了，所以他们得吃干酪，养圣伯纳犬，历史上靠当雇佣兵来谋生。

所以干酪这样便于储藏运输的食物，对多山的瑞士人民而言，格外珍贵而有用。所以，瑞士人民在寒冷中，爱上了吃这种东西。最早的干酪锅记载，见于18世纪初的苏黎世，即"以酒烹调干酪使之融，配以面包"。1875年，这道菜几乎成了瑞士名点，而且已经有了讲究。比如法国的卡芒贝尔干酪就不能做这个，格吕耶尔酪就好得多。

大多数经典传统饮食，到最后都能落到"没法子，当时只有这个能吃"的地步。

最传统的瑞士干酪锅，一片纯黄的酪半融状，上口有一点苦，但土生土长的瑞士人店老板说，瑞士人欣赏这苦咸之味，觉得味道够醇。苦味之后，就是很厚润的香味。配干酪煮的须是白葡萄酒，到干酪融化，酒香与酪香相得益彰；正经用来蘸酪的面包，须切成小方块。老板还叮嘱说，吃干酪得趁时机：太软不中吃，应当看干酪刚进入流质状态时，就蘸来吃，味道最是正宗。

用面包卷起如丝奶酪吃了，嗯，确实要饱满有层次得多——其实真是很平民的吃食，只是时间既久，外面又冷，

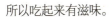

所以吃起来有滋味。

　　干酪冷却之后，凝结锅底的那层，老板说也有术语，叫作religieuse——法语"修女"之意。为何叫这个，老板也承认闹不清。但推荐："别放过，不然可惜了！"

　　一时吃不完，老板就借冰箱出来，先放着。次日下山去瑞士马蒂尼时，在车上拿着冻结的酪干一路吃，味道又自不同——在霞慕尼吃的酪干如焦脆烤肉，而冻过的酪干又如冰脆鱼刺身。

　　整块的瑞士干酪锅底冻结实了，从瑞士带回巴黎，放了一周，依然不坏。当零食下酒，端来招待客人，皆相宜。好吃自然好吃，只是最好的情境，还是飞雪漫天、冻得发抖时，那一锅整个人都化得进去的干酪火锅，让人暖和酥绵，想就势在干酪锅里睡着算了。说到底，这玩意也就是在雪山上格外好吃：没法子——瑞士有太多山了。

从前,
有个人去意大利旅游

从前,有个人去意大利旅游。先是被偷了钱包,再是被偷了护照。他想掏手机找人,发现手机也被偷了。他想找到当地警察局报案,发现自己的记忆也被偷了,想不起来自己是谁了。当他刚下定决心,想重新寻回自己时,街对面一个大眼睛姑娘的微笑偷走了他的心。

现在他在热那亚附近卖烤鱼。那个姑娘负责收零钱,给烤鱼洒柠檬汁。

从前,有个人去意大利旅游。在从拉斯佩齐亚到罗马的火车上,他认识了一对老夫妇——老阿姨手持一篮樱桃,老伯伯手持一本嘲笑贝卢斯科尼买春的杂志。那对意大利夫妇只会意大利语，听不懂英语或法语。但下车的时候，他已经知道了老阿姨叫弗洛达，而且吃光了她的樱桃；知道老伯伯叫弗朗切斯科，是在都灵工作的菲亚特工程师。

后来，他把在威尼斯买的所有面具和玻璃瓶都送给了弗洛达，然后回到家一星期，接到了弗洛达寄来的火腿和腊肠。

从前，有个人去意大利旅游。他从罗马火车站旁的国家大道坐上40路公交车，请司机到梵蒂冈时叫他一声，然后就在满车厢的聊天声里睡着了。他醒来的时候，发现车子走在沙漠上，窗外奔过鸵鸟、袋鼠、河马、华南虎和羚羊。司机坐在他身旁的座位上，边喝啤酒边和另一个乘客打牌。车依然平稳地行驶着，乘客依然在聊天。

现在他们正在海上行进，公交车"哗啦啦"地劈水而行，信息牌依然闪动着：下一站是罗马纳沃纳广场。

从前，有个人去意大利旅游。在热那亚旁边的沿海车站，他一边吃蘑菇色拉米比萨，一边等从里奥马特雷村去马纳多纳村、据说半小时一班的火车。实际上，他等了一星期，成了比萨铺老板的干儿子，才等到这班车。在车上，礼貌的乘务员问他来历。他没好气地说要把马纳多纳村给打到海底去。乘务员甜甜地微笑，写下"商务"字样，然后提醒他：马纳多纳两分钟就到了，请千万不要坐过站。

现在，他还在马纳多纳渔村的礁石上，等待阳光里驶来那班半个月前就该到的火车，带着晒伤的皮肤与装满樱桃酒和烤鱼的大肚子。

从前，有个人去意大利旅游。他在梵蒂冈博物馆十一点闭馆时离开，但等不到公车。午夜时分，他看见一些雕塑——拉奥孔和他的儿子们、阿波罗、奥古斯都正探头探脑地从梵蒂冈博物馆里溜出来，问他要不要一起去喝一杯。他去了。在小酒馆里，他看见全罗马的伟大雕塑们在一起喝浓缩咖啡，吃比萨、千层面、肉酱面、空心面、烤羊肉、布朗尼、帕尼尼、菠菜沙拉、蘑菇汤，举着冬瓜大的瓶子喝红葡萄酒。他低声问拉奥孔："你们不怕喝醉吗？"

"不怕，出租车司机会送我们回去的……当然，路上会有人摸走我们的衣服和首饰，但你看，我们都没穿什么衣服嘛！"

从前，有个人去意大利旅游。他在佛罗伦萨学院美术馆外面排队，等着看米开朗琪罗不朽的《大卫》。那是清晨时节，他离入口还有100米。中午时，他离入口已经有500米了。黄昏时节，队伍越排越长，他已经被挤到了圣母百花大教堂。队伍浩浩漫漫，向前望不见头，向后望不见尾。排到第三天，他已经被挤出了佛罗伦萨市区。

后来，队伍总算停住，不再越拖越长了。据队伍尾端的人说，本来这越排越长的过程漫无绝期，队伍早该延伸到埃塞俄比亚了，但他们恰好遇到了梵蒂冈博物馆那边倾泻出来、等着看《雅典学派》和《西斯廷天顶画》的同样越拉越长的排队长龙，于是两边互相顶住了。

从前，有个人去意大利旅游。他去佛罗伦萨市政厅旁的街上，问老板要了一份野猪肉三明治。老板听罢，抢过一柄锯子，跳过柜台，朝远山绝尘而去。须臾之间，老板肩扛一头野猪回来，洗剖，抹盐，挂吹，火烤，用大刨子切片，挑出五米长、三米宽的一片野猪肉，夹在床单一样大的烤面包里，加上整条腌的茄子、电视机那么大的奶酪和一整根芹菜，再"当啷"一声把一桶红葡萄酒放在柜台上，说声"8欧元"。

现在他还在柜台边没日没夜啃那个比天高比地厚的三明治，看着老板冒雨踩着乌菲齐美术馆那里绵延而来的节日气球。

在葡萄牙如何收集阳光

　　你不能趁夏天去收集葡萄牙的阳光，因为那时节的伊比利亚半岛上，阳光像锋利的弯刀刃一样伤人，会劈碎瓦罐、酒瓶和皮肤。

　　等到冬天，北半球大部分的天空被雪云覆盖，你可以哆哆嗦嗦地坐飞机去葡萄牙。飞机降落时，你可以手握瓶子，在飞机舱门前等候。舱门打开时，你会收获第一缕饱满温暖的阳光。

　　你可以带着瓶瓶罐罐，坐旅游巴士，去拉各斯或萨格雷斯，去维森特角。沿途都有小贩叫卖："昨天正午的海角阳光！新鲜热辣！""三年前历史最高温那天午后两点的阳光！饱满热情！""本地特产阳光兑香氛蜡烛光和黑檀木火光！风味独特！"

　　你到拉各斯，会看见那小如花园的市中心。阳光清冽温柔，不疾不徐地洒落，掺有海鸟拍翅膀的阴影，布满了咖啡、肉桂粉、煎蛋和狗的味道。你去到萨格雷斯，望见铺在远方的海岬。那里有欧洲最西南的海角阳光，浓烈醇甜，简直有点儿发酵过度，里头掺杂着大西洋海鱼在钓竿上翻动的声音，以及海风远远推云而来的腥味儿。你收集满一瓶后，就得小心翼翼地带回家去：若有颠簸，这瓶阳光会流泻而出，刺伤你的眼睛。

你去里斯本时，会发现最好的阳光在贝伦塔旁的水畔。虽然午间在旧城区的山顶城堡俯视，可以望见给全城白墙红顶覆上金色的阳光，但黄昏时贝伦区的阳光更温柔动人。你可以感觉到那片沿山滑下、垂落海水之中的阳光到黄昏时就疲惫了。白色的圣哲多姆派修道院与贝伦塔、蓝色里掺杂橘色的天空，在黄昏时节的阳光里，会显得无比透明。黄昏的贝伦塔水畔，就像个过滤器，将南方半岛阳光里的火焰跃腾之气滤尽了。你完全可以盛满一瓶阳光，然后去圣哲多姆派修道院旁边，那个1837年开始经营的蛋挞店，吃一个甜脆韧浓还撒了肉桂粉的蛋挞，看黄昏降临，你没盛到的阳光从海面远远流走。

马德拉最好的阳光在岛南的丰沙尔，即便在冬天，阳光也炽烈如夏，浓得可以托在掌心。植物园的叶影如剪刀，把阳光剪成一块又一块。其中有花香，有百香果味道，触一触，像热带水果般地刺肌肤。装在瓶里摇荡的时候，你听得见阳